KLAUS REBURG

DIE

VERGESSENE

FRAGE

Inhalt

„Immer hatte sie erwartet, dass sie und ihre Zwillingsschwester auch den letzten Weg gemeinsam beschreiten würden — gemeinsam, wie sie so vieles in ihrem Leben getan hatten." Doch auch Zwillinge sterben nicht zur gleichen Zeit und so muss Martha auf der Trauerfeier für Maria mehr als diese eine Ent-Täuschung hinnehmen. Denn im Bilderbogen vergangener Tage stellt die Erinnerung so manches in Frage, zeigt sich vieles in einem anderen Licht: Wie konnte es nur sein, dass Maria still und friedlich sterben konnte, während sie, Martha, schmerz-geplagt und von einem Ehemann bis zur Bevormundung gepflegt, zurückbleibt? Wie konnte es nur so weit kommen, dass am Ende des Lebens nichts mehr so läuft, wie es sich Martha wünscht? War am Ende Siegfried schuld, vielleicht Maria - oder gar sie selbst? Martha beginnt die Antwort zu ahnen ....

Danksagung

Mein besonderer Dank gilt meiner Frau, meiner Tochter und meinem jüngsten Sohn für Ihre Unterstützung bei der Entstehung dieses Buches.

KLAUS REBURG

DIE

VERGESSENE

FRAGE

Eine Erzählung in zwei Varianten

Meiner Mutter gewidmet

Bibliographische Informationen

Herstellung und Verlag: Books on Demand GmbH, Norderstedt

ISBN   978-3-8423-1195-4

Statt eines Vorwortes:

Wie soll man ihm begegnen, dem Gevatter Tod - am Ende noch gar freundlich?

Von der Wiege an ist er uns angekündigt: als der letzte Gast unseres irdischen Lebens - und wird doch gerne totgeschwiegen.

Zu früh? Zu überraschend? Unwillkommen?

Oder als Erlöser? Gar zu spät - herbeigesehnt?

Glücklich, wer von uns wie die Patriarchen Kinder und Kindeskinder sieht und alt und lebenssatt den letzten Gast furchtlos empfängt!

Wie also soll man ihm begegnen, dem Gevatter Tod - am Ende noch gar freundlich?

Ein überwältigendes Blumenmeer empfing sie, als sie in die Kammer mit dem noch offenen Sarg trat. Sie blickte auf die Tote und erkannte noch ihr Ebenbild: nie hatte sie darüber nachgedacht, wer denn zuerst stürbe; immer hatte sie erwartet, dass sie und ihre Zwillingsschwester auch den letzten Weg gemeinsam beschreiten würden - gemeinsam, wie sie so vieles in ihrem Leben getan hatten.

Töricht! Wie töricht so zu denken - denn nun lag sie dort bei den Blumen: Maria, ein friedliches Abbild ihrer selbst; und sie, Martha, hatte sich vom Leid geplagt und auf ihren Stock gestützt zum Sarg geschleppt, begleitet von den Schmerzen in ihrem Körper. Sie hatte sich hierher gequält, um Abschied zu nehmen von der anderen Hälfte ihres Ichs. Doch wie sollte sie sich trennen, wie sollte sie sich loslösen, wegreißen von dem, was von der ersten Minute ihres Lebens an sie stets begleitet hatte? Immerzu musste sie auf die blassen, aber in Sorg- und Schmerzlosigkeit aufgelösten Züge ihrer Schwester sehen. Wie sollte sie sich davon trennen können? Nach einem langen Leben in Verbundenheit sich einfach umdrehen und weggehen? Sich trennen und dann allein gelassen sein mit dem eigenen Elend des Alters?

Siegfried begann sie zu drängen, erst sanft, doch dann immer bestimmter. Doch sie meinte, es bräche ihr das Herz; wollte darum seine Ermahnungen nicht mehr hören, meinte gar, heute keine Aufforderungen mehr hören zu können – auch wenn sie gut gemeint waren. Wie? Sie solle auf Ihre Gesundheit achten? Ihre Gesundheit! Ein galliges Lächeln wollte sich ihr auf die Lippen schleichen, doch sie unterdrückte es, um Maria nicht in ihrem Frieden zu stören. Dann fasste sie den Knauf ihres Stockes fester, entschloss sich, zwei Schritte nach links zu machen, hin zu Fridolin. Fridolin, der sich auch nicht trennen konnte. Fridolin, der mit ausdrucks- und ratloser Miene zum Körper seiner Frau sah. Martha hakte sich bei ihm ein und Fridolin ließ es geschehen. Sie spürte Siegfrieds Blicke auf ihrer rechten Wange, doch es war ihr gleich, ob es Blicke der Verwunderung oder des Ärgers waren, die da auf ihrer Wange brannten.

So blieb sie mit Fridolin, bis die Friedhofswärter kamen und ihrerseits leise mahnten, sie müssten nun den Sarg verschließen - ob sie nicht bitte doch endgültig Abschied nehmen könnten?

Sie schaute zu Fridolin und Fridolin wandte den Kopf, blickte ihr ins Gesicht: lag nicht seine Frau dort bei den Blumen? Dann erst bemerkte er, dass nicht Maria sondern Martha, seine Schwägerin, an seiner Seite stand. Doch Fridolin war nicht lange zu irritieren; er lebte sein Leben immer so, wie es kam. Er konnte sich einfügen, sich zurechtfinden; man sagte, man könne mit ihm machen, was man wolle.

So aufgefordert machte er nun kehrt, linksherum, mit Martha am Arm, die Mühe hatte, mit ihrem Stock und dem eigenen gebrechlichen Körper im so entstandenen großen Bogen um ihn herum rasch mitzukommen. Sie hätte einfach loslassen können - doch das wollte sie nicht: Siegfried hätte es sehen und triumphieren können. Aber Siegfried sah nichts mehr, Siegfried hatte schon lange von Maria Abschied genommen und war vom Sarg davon gegangen.

So gingen auch sie hinüber in die Aussegnungshalle, vorbei an Siegfried, der in der ersten Reihe des linken Blockes saß. Fridolin indes geleitete sie wie automatisch über den Mittelgang hin zum anderen Block und setzte sich selbst - wohl weil ihm dieses jemand angewiesen - auf den Eckplatz am Mittelgang.

Martha hätte nun ein paar Schritte zurückgehen und sich an Siegfrieds Seite setzen können - doch als sie sich bereits umgedreht hatte, sah sie in Siegfrieds Gesicht, las in seinem Mienenspiel und der Weg zurück wurde ihr zu weit. Und sie setzte sich auf den Stuhl an Fridolins Seite.

Blieb Siegfried nun etwas anderes übrig, als seinerseits aufzustehen, seiner Frau nachzugehen und an ihrer anderen Seite Platz zu nehmen? Er wandte den Kopf, sah die anderen Stuhl-reihen in der Kapelle bereits gut gefüllt und er willigte ein, gute Miene zum in seinen Augen unwürdigen Spiel zu machen.

Und so saß Martha zwischen Fridolin und Siegfried. Saß da und war mit ihren Gedanken weder beim einen noch beim anderen. Sie saß da, wo sie nie sitzen wollte: bei der Trauerfeier für ihre Zwillingsschwester. Gemeinsam waren sie ins Leben getreten - warum konnten sie es nicht auch gemeinsam verlassen? Hatte nun Maria den besseren Teil und ließ sie, Martha, mit ihren Schmerzen zurück? Warum nur konnten sie nicht auch gemeinsam von dieser Erde gehen? Früher hatten sie doch soviel gemeinsam gehabt — und während die Trauermusik einsetzte, begannen ihre Gedanken zu wandern.

***

Die Nachbarn erzählten, ihr Vater sei rein gar närrisch geworden, als sich nach fünf Jahren Ehe endlich doch noch Nachwuchs eingestellt hatte. Und dann auch noch Zwillinge, zwei süße Mädchen!

Nun, Jungs wären ihm wahrscheinlich lieber gewesen; aber wer so lange sehnlich auf eigene Kinder wartete, dem wurde diese Frage letztendlich unwichtig.

Er hatte immer davon geträumt, mit seinen Jungs an den Nachmittagen etwas zu unternehmen. Ja, die gute alte Zeit ließ so etwas zu: als Briefträger hatte er morgens schon vor fünf auf dem Postamt zu sein um die Briefe zu sortieren und auszutragen; doch dafür kam er am Nachmittag mit etwas Glück kurz nach drei nach Hause. Da bliebe also - so seine Pläne - viel Zeit, um mit seinen zahlreich Kindern etwas zu unternehmen und er konnte seinen Kollegen und Verwandten nicht genug davon vorschwärmen, wie er mit seinen Jungs einmal Drachen bauen und Schmuck für den Weihnachtsbaum anfertigen werde, wie er mit ihnen auf den Fußballplatz und zum Schwimmen ginge, wie er mit ihnen Schlitten führe und wie er - wenn es sein müsste - bei den Hausaufgaben helfen würde.

So hatte er sich sein Leben ausgemalt. Wer wusste, dass er eigentlich Lehrer werden wollte, den wunderte dies auch nicht. Aber diesem seinem Berufswunsch stand so manches im Wege: zum Ersten war er in der Schule beileibe nicht der Beste - eher im Gegenteil. Nicht dass er nicht gekonnt hätte; aber er hätte etwas fleißiger sein müssen, hätte bei seiner durchschnittlichen Begabung das Rechnen und Rechtschreiben etwas üben und mit mehr Ernsthaftigkeit betreiben sollen. Doch dazu hatte er zum einen keine Zeit, denn vor dem ersten Krieg und vor allem dann auch während des Krieges wurde auf dem elterlichen Bauernhof jede Hand zum Helfen gebraucht. Und zum anderen hatte er in der wenigen Zeit, die ihm dann noch verblieb, auch keine Lust - denn wofür sollte es gut sein? Das Lehrer-Werden kostete doch damals noch Geld - und woher dieses nehmen? Er hatte zwei ältere Brüder und vier Schwestern und der Bauernhof des Vaters war klein! Wozu also lernen, um Lehrer werden zu können, wenn er doch nie die nötigen Geldmittel dazu haben würde? Da vertrieb er sich das bisschen freie Zeit, das ihm blieb, doch lieber damit, mit anderen Buben Drachen steigen zu lassen und Schlitten zu fahren.

Als einer seiner Brüder im Krieg blieb und der andere ohne Arm heimkam, da galt er als der Hoferbe. Er selbst hatte nur noch die letzten Monate des Krieges ins Feld müssen und war als Einziger von dreien heil zurückgekehrt. Aber er hatte keine Lust, Bauer zu werden, ließ den Hof der Berta, seiner ältesten Schwester, die einem feschen Bauernburschen aus dem Nachbardorf nach-hing und so heiraten konnte.

Er selbst kehrte dem Odenwald den Rücken und fand sich drunten in Mannheim als Briefträger in der Stadt. Als Arbeiter in eine der zahlreichen Fabriken zu gehen, das hatte er gescheut. Das war nichts für ihn als Kind vom Lande.

Er fand ein liebes, wenn auch einfaches Mädel, das als Kinderpflegerin arbeitete und bereit war, mit ihm den knappen Lohn und den dennoch vorhandenen Wunsch nach vielen Kindern zu teilen. Und so geschickt er das alles eingefädelt hatte, wie er selbst bei sich dachte, so wenig schien seine Rechnung doch am Ende auf zu gehen. Lange Zeit musste er seine freien Nachmittagsstunden mit den Nachbarsjungen teilen - was deren Mütter überwiegend nicht einmal unrecht war. Denn er war wirklich ein echter Kinderfreund. Doch hatte die Zeit ohne eigene Kinder auch ein Gutes, denn in den Tagen der Inflation war es wahrlich nicht einfach, mit dem Geld aus-zukommen, wenn kleine Kinder im Hause waren.

11

Als aber die Zwanziger-Jahre golden wurden, da stellte sich doch noch Nachwuchs, eben die Zwillingsmädchen, ein.

Die Mutter war fromm und von einem fast pedantischen Gerechtigkeitssinn. Und so wurden die Kinder nach den Schwestern des Lazarus Maria und Martha genannt. Am liebsten hätte sie Martha auch noch ohne h schreiben lassen — aber das ging in damaliger Zeit noch nicht. Dass sie damit den Kindern auch ein Programm fürs Leben vorgegeben haben könnte, das war ihr nicht bewusst. Zum selbst in der Bibel Lesen fehlte ihr die Zeit, und am Sonntag in der Kirche war sie zum einen immer rechtschaffen müde und zum anderen fehlte ihr auch der nötige Intellekt, tiefer in die verlesenen Texte und Predigten einzudringen. Sie freute sich am Singen der Lieder, konnte einige biblische Geschichten kindgerecht erzählen — und das auswendig - und das genügte der guten Seele auch für eine einfache aber rechtschaffene Frömmigkeit.

Sie zog die Mädchen stets gleich an, auch wenn ihr das bei den beschränkten wirtschaftlichen Mitteln nur gelang, indem sie für ihre Mädchen fast alles selbst schneiderte. Sie achtete stets darauf, dass beim Benutzen des gemeinsamen Spielzeugs keine zu kurz kam. Aber das war auch kaum möglich, denn kein Mädchen im ganzen Viertel hatte so ein schönes und reichhaltiges Puppenhaus wie Martha und Maria - selbst gebaut von Vater und Mutter und ein bisschen von den Mädchen selbst.

Nur einmal musste ein großer Unterschied gemacht werden: Als Maria mit Blinddarmentzündung ins Krankenhaus kam, da war es Marthas innigster Wunsch, dass auch ihr der Blinddarm herausgenommen würde. Aber das ging natürlich nicht - denn wer operiert schon ein gesundes Mädchen? Ganz abgesehen davon, dass damals ein solcher Eingriff nicht ohne Risiko war Das wollte nun wirklich niemand - außer Martha: Die half dem Schuhmacher an der Ecke, wienerte die Schuhe und kaufte sich von den paar Pfennigen, die ihr der Schuster dafür gab, möglichst viele Kirschen. Die aß sie alle mit Stein, aber es nützte nichts: Keiner der Steine verfing sich im Blinddarm und so hatte seit dieser Zeit Maria eine Narbe und Martha eben nicht. Doch sonst glichen sich die beiden wirklich zum Verwechseln, woraus sich die beiden häufig genug einen Spaß machten.

Der Briefträger indes stellte bald fest, dass man auch mit Mädchen Schlitten fahren und Drachen steigen lassen kann - nur mit dem Fußballspielen, da war es dann doch nicht so weit her. Dafür war aber beim Weihnachtsschmuck-Basteln die Begeisterung bei den Mädchen wohl größer als möglicherweise bei Jungs - und so eine tolle Puppenstube, das wäre mit Jungs gar nicht gegangen! Vater, Mutter, Töchter saßen an den langen Winterabenden um den Küchentisch, bauten Puppenmöbel, häkelten winzig kleine Gardinen oder winzige Tischdeckchen und nähten Puppenkleidchen, die auf Kleiderbügelchen in Schränkchen gehängt wurden. Und die Puppen saßen in ihrem Haus, das im Flur stand, und spitzten zuweilen durch die Küchentür, was denn da für ihr Weihnachtsfest wieder alles vorbereitet wurde und feierten selbst Advent und Weihnachten: mit Adventskränzchen und einem Weihnachtsbaum, der mit winzigen Kugeln und Kerzchenimitaten, feinsten Strohsternchen und echten kleinen Lebkuchenherzen geschmückt war.

Es war ein Idyll.

Und dann kam der Herbst des Jahres '39, kam der Krieg, der für die Deutschen der Auftakt für eine glorreiche Zeit werden sollte. Der Vater musste bald ins Feld; dreimal kam er noch auf Urlaub - dann erlitt er das Schicksal von Stalingrad und galt als vermisst. Erst viele lange Jahre nach dem Krieg brachte einer der Kameraden noch einen Gruß: Der Vater habe zwar den Kessel überlebt, sogar unverletzt, sei aber bald darauf in russischer Gefangenschaft an Hunger und Entkräftung gestorben.

Doch da war die Zeit schon weiter gegangen. Die gemeinsamen Bastelstunden hatten schon recht rasch nach der ersten Abfahrt des Vaters ins Feld aufgehört - die Erinnerung an den Vater ließ doch nur Wehmut aufkommen. Die Mädchen entdeckten die Welt der Bücher und, statt gemeinsam zusammen zu sitzen, saß bald jede in einer Ecke und las - freilich gar oft ein Buch, das man sich gegenseitig empfahl. Dann mussten die Mädchen ins Landjahrlager und die Mutter war alleine zurückgeblieben, hatte in den wenigen Stunden zu Hause das Puppenhaus bewacht und ansonsten als Straßenbahnschaffnerin ihren Mann gestanden. Über Jahr und Tag waren die Mädchen wieder gekommen; doch an Lehre oder Ausbildung war nicht zu denken. Die Zeiten waren schon schlimm geworden und die Zwillinge mussten draußen in Käfertal in die Fabrik gehen, Kabel in Funkgeräten verlöten.

Da saßen nun die Puppen alleine und ihr Haus verstaubte bis an jenen Tag, als die Bomben Mannheim weitest gehend in Schutt und Asche legten: es gab keine Schienen mehr, auf denen die Mutter in ihrem Straßenbahnwagen hätte fahren können, kein Puppenhaus mehr und kein Dach über dem Kopf. So wanderte die Mutter mit den Töchtern, einzig beladen mit den Kleidern, die sie am Leibe hatten, und der Sorge um den verschollenen Gatten, wieder hinaus in den Odenwald, von wo einst ihr kinderlieber Mann hergekommen war. Sie waren der Berta nicht gerade willkommen – aber was half es in diesen Zeiten? Mit alten Brettern trennten sie sich in der Scheune einen Verschlag ab, trieben einen Ofen und ein paar alte klapprige Möbel auf und warteten auf Vater und Gatten.

***

Doch der Vater kam nicht mehr. Von der ganzen schönen Kindheit war Maria und Martha nichts geblieben als die späte Liebe zu den Büchern - und Martha entschloss sich, Buchhändlerin zu werden. Und was Martha wollte, das wollte Maria dann eben auch.

Woher nun Lehrstellen zur Buchhändlerin nehmen - noch dazu in einem kleinen Dorf im Odenwald, das gar keinen Buchladen besaß, nicht einmal vor dem Krieg?

Zwar wollte die Mutter, die damals noch immer keinen definitiven Bescheid über den Verbleib ihres Mannes hatte, gerne in dessen Vaterhaus bleiben; denn dort würde er sie ja wohl am ehesten suchen, wenn er sie nicht mehr in Mannheim fände. Aber wie sollte dann etwas aus den Töchtern werden?

Mannheim lag in Trümmern - doch in Heidelberg war noch Leben. Und es gelang sogar, ein Zimmer in Heidelberg zu bekommen, es gelang der Mutter, eine Stelle als Küchenfrau im Krankenhaus zu erhalten, und Maria ergatterte sogar eine Lehrstelle in einer Buchhandlung in der Altstadt. Nur Martha schien kein Glück zu haben – erst Wochen später glückte es ihr, weit drinnen im Neckartal ebenfalls in einem Buchladen Lehrling zu werden. So fuhr sie sonntagabends mit dem Fahrrad gut dreißig Kilometer ins Neckartal hinein und am Samstagmittag wieder zurück; unter der Woche konnte sie in einer schmalen Kammer hinter dem Laden, die auch als Lager dienen musste, schlafen.

So waren die Mädchen - wenn man von Marias Krankenhausaufenthalt einmal absah - das erste Mal getrennt. Maria hatte wohl den besseren Teil und Martha neidete es ihr zuweilen. Denn draußen in Eberbach war es unter der Woche trist und langweilig, während es in Heidelberg mit den Amerikanern und den Studenten bereits schon wieder so etwas gab, was man Leben nennen konnte.

Doch Maria ließ die Schwester nicht im Stich und schleppte sie an den kurzen Wochenenden überall mit hin; denn in der Buchhandlung hatte Maria einen gewissen Siegfried kennen gelernt, Notabitur 1941 und jetzt nach dem Krieg entschlossen, Oberschullehrer zu werden. Der junge Mann war energisch, studierte mit Fleiß Mathematik, Biologie und Leibesübung und hatte Gefallen an der hübschen, jungen angehenden Buchhändlerin gefunden. So war Maria in Studentenkreise geraten und aus alter Verbundenheit führte sie die Schwester nun samstagabends in die Studentenkneipen und nahm sie an den Sonntagen nachmittags mit hinauf zum Philosophenweg, wo die Heidelberger Studenten und anderes junges Volk offiziell spazieren gingen, in Wirklichkeit aber mehr zusammen standen, disputierten und Bier aus mitgebrachten Flaschen tranken.

Und wieder hatte Martha Grund, zunächst neidisch zu sein: Junge Männer waren nach dem Krieg knapp und Siegfried war wirklich ein schmucker Bursche. Er sah gut aus, war sportlich, wusste stets und immer mitzureden und gab gar nicht selten sogar den Ton an. Und einmal Lehrersfrau zu werden, das war - wenn auch vielleicht noch recht weit hergeholt - so doch gar keine üble Aussicht, vor allem für Arbeitermädchen, wie es doch genau genommen Maria und Martha waren.

So einen wie Siegfried hätte Martha auch gerne als Freund gehabt. Aber draußen in Eberbach war so etwas nicht zu finden – doch vielleicht hatte sie hier ihre Chancen? Hatte nicht auch ihre Schwester einen Studenten für sich interessieren können? Warum sollte ihr das nicht auch gelingen? Und sie beschloss, ihr Glück selbst in die Hand zu nehmen und ihre Augen in den Studentenkneipen und droben am Philosophenweg offen zu halten. Doch wie auch immer hatte jeder andere Bursche, der ihr gefiel, bereits ein Mädchen oder wollte zumindest keine Freundin, die er nur am Wochenende sah. Wirkliche Chancen hätte sie nur bei dem einen oder anderen der Außenseiter wie dem nuschelnden Hans oder dem infolge einer Unterschenkelamputation hinkenden Fridolin mit der Geige gehabt - und da tat sie sich schwer, sich zu entschließen.

Es war wie verhext! Wenn man es genau betrachtete war doch sie sonst die Aktivere und doch fiel alles Maria zu: der schneidige Freund, die bessere Lehrstelle, selbst die Blinddarmnarbe - immer fiel alles Maria zu! Obwohl sie, Martha, sich viel mehr abmühte. Hätte Maria die ewige Strampelei mit dem Fahrrad geschafft? Bestimmt nicht! Und zum ersten Mal in ihrem Leben waren die Schwestern nicht nur getrennt, sondern es schob sich so etwas wie Groll zwischen sie.

Doch dann fiel Martha wiederholt auf, dass Maria, wenn Siegfried etwas zu ihr sagte, dieses gar nicht ernst nahm! Siegfried gefielen Marias Zöpfe nicht - warum sie das Haar denn nicht offen trage oder wenigstens einen Pferdeschwanz? Doch Maria flocht sich weiter Zöpfe. Siegfried fand es nicht toll, wenn Mädchen Bier aus Flaschen tranken – doch Maria erwiderte nur: „Du tust es doch auch!" Siegfried schnauzte Fridolin an, er solle doch auch einmal sein Gefidel lassen, er müsse doch nicht zu jedem gemeinsamen Abend seine Geige mitbringen. Doch Maria meinte im nächsten Atemzug, ihr gefiele das Geigenspiel.

Nun ja, so schlecht geigte der Fridolin nicht einmal - aber musste man seinem Freund gleich im nächsten Atemzug widersprechen? Martha jedenfalls trug am nächsten Samstag ihr Haar offen und Bier aus der Flasche trank sie nie.

Und dann kam der Dienstag, als kurz vor Ladenschluss Siegfried in die Eberbacher Buchhandlung trat. Martha konnte es nicht fassen: Da kam leibhaftig Siegfried zur Tür herein!

Was er denn hier wolle, flüsterte sie ihm zu.

Nun, er müsse doch einmal sehen, wie sie es denn unter der Woche so habe und ob dies überhaupt auszuhalten sei!

Sie hatten sich dann nach Ladenschluss drunten am Neckar getroffen, nur Siegfried und sie. Es war ein wunderschöner Abend. Siegfried brachte sie sehr spät in ihr Bücherlager und sie entschloss sich spontan, ihn heimlich mit ins Haus zu nehmen. Es war vielleicht doch schon zu kalt, um draußen in dem kleinen Zelt zu schlafen, das er auf seinem Fahrradgepäckträger hatte. Sie ließ ihn am nächsten Morgen in aller Früh, als es noch ganz still im Haus war, wieder hinaus. Aber ihr Lehrherr hatte dennoch etwas bemerkt oder zumindest vermutet, denn gegen Mittag ermahnte er sie: „Wenn ich mitbekomme, dass sie Jungs mit in Ihre Kammer nehmen, dann war das Ihr letzter Tag in meinem Laden!"

Nun, so weit kam es nicht - sie waren in Zukunft noch vorsichtiger: In den Laden kam Siegfried nie mehr. Sie trafen sich immer gleich unten am Neckar und so wusste ihr Prinzipal nie, an welchen Tagen er besonders gut hätte aufpassen müssen Oder ihr Lehrherr war so nett, einfach überhaupt nichts bemerken zu wollen.

Schwieriger erschien ihr dagegen, es Maria zu sagen. Auch wenn sie ihrer Schwester ein wenig gram war: den Freund ausspannen, das hatte sie ihr dann doch nicht antun wollen. Aber es war so gekommen und es musste wohl auch so kommen und es war nicht zu ändern.

Doch Maria nahm es scheinbar gelassen. Sie stand einfach auf, nachdem sie es ihr gesagt hatten, und ging hinüber zu Fridolin, zum hinkenden Fridolin mit der Geige.

„Spielst Du nochmals das schöne Lied vom letzten Samstagabend?", hatte sie ihn gefragt.

„Welches denn?", hatte Fridolin ganz verdutzt erwidert.

„Ganz egal", hatte Maria gesagt, „es ist alles schön, was Du auf Deiner Geige spielst."

Und seit diesem Abend hatte Siegfried Fridolins Geigenspiel für lange Zeit nicht mehr als Gefidel bezeichnet.

***

19

Es verging noch einige Zeit, bis Siegfried und Fridolin wirklich Lehrer waren - doch dann wurde eine Doppelhochzeit gefeiert. Sie hatten sich zusammengefunden; insbesondere die Zwillingsschwestern waren wieder ein Herz und eine Seele und sie machten Scherze darüber, dass sie nun nicht nur Maria und Martha hießen — Martha am besten ohne h — sondern nun auch einen Fridi und einen Friedi heirateten, wenngleich auch Siegfried natürlich nie Friedi sondern höchstens einmal Siggi gerufen wurde.

Nun, einige Zeit hatte es schon gedauert, bis die beiden Mädchen wieder völlig miteinander ausgesöhnt waren. Anfangs wollte die Mutter Maria trösten. Doch als kurz nach Marias Trennung von Siegfried das Gespräch darauf kam, dass nun Martha und Siegfried ein Paar seien und ob das nicht schlimm für Maria wäre, sagte die Maria nur ganz ruhig: „Weißt Du, es wär' schon schöner gewesen, ich wär' mir zunächst selber darüber klar geworden, ob ich mit dem Siegfried glücklich werden kann oder nicht. So haben mir die beiden die Entscheidung abgenommen. Ist vielleicht auch nicht so verkehrt - die Martha kommt vielleicht besser damit zurecht, dass der Siegfried immer ganz genau weiß, was er will."

„Na, ich weiß nicht", antwortete die Mutter, „die Martha weiß doch sonst auch immer, was sie will. Und wenn zwei einen starken Willen haben - wer soll denn dann nachgeben?"

„Ist das nicht besser, als wenn sich einer immer dem Willen des anderen unterordnen soll?", gab Maria zu bedenken. „Sollen die zwei Starken ruhig zusammen."

„Aber Du und der Fridolin", fuhr die Mutter fort, „ich weiß nicht, ob Du das nötig hast; findest Du denn keinen anderen?"

„Wieso soll ich bitte einen anderen finden?" Lauernd und zugleich scharf kam dieser Satz von Maria!

Tja, wieso sollte denn nun die Maria einen anderen finden? Das wusste die gute Mutter auch nicht. Geige spielen konnte Fridolin ja nun wirklich schön - das war doch auch etwas. „Na ja", meinte sie nur noch halbherzig, „er hat halt nur einen Fuß!"

„Besser mit nur einem Fuß durchs Leben als mit nur einem Gedanken", sagte die Maria und damit war für sie das Gespräch beendet.

Und damit war offensichtlich für Maria auch das ganze Thema beendet, denn nach einigen Wochen war sie mit ihrer Schwester wie ausgesöhnt und die Idee zur Doppelhochzeit wurde dann auch von den beiden Mädchen geboren. Zwischen Fridolin und Siegfried wollte jedoch keine so ganz herzhafte Freundschaft aufkommen. Nicht dass Fridolin nachtragend wäre - beileibe nicht! Die früheren abwertenden Bemerkungen von Siegfried über „das Gefidel" hatte er - so konnte man fast denken - vergessen. Und nicht dass Siegfried nicht dankbar gewesen wäre, dass er durch Fridolin so elegant die Trennung von Maria geschafft hatte. Nein, die beiden waren mit ihrer Lebensauffassung einfach zu verschieden.

Siegfried war vordergründig wirklich die bessere Partie: Im Krieg hatte er es bis zum Leutnant gebracht, war nun schnittiger Lehrer, was sich besonders in seinen Sportstunden zeigte. Er wusste vor seine Schüler hinzutreten, bei ihm herrschte Disziplin und Ordnung, er förderte Leistungsbereitschaft und Talente. Guten sportlichen Leistungen seiner Schüler zollte er stets Anerkennung und Schüler, die Leistung brachten, bekamen

Lob und Zuwendung, bekamen seine Unterstützung und - wenn sie denn wirklich gut waren - auch exzellente Noten. Dass er dennoch nicht durchweg bei den Schülern beliebt war, lag an den anderen, an den nicht so sportlichen Jungen. Und ein solches Urteil fällte Siegfried leicht und schnell und nicht selten voreilig. Mit den Besten trainierte er in den Sportstunden gerne: das lohnte sich, da sah man Erfolg! Sich für die in seinen Augen Unwilligen aufzuopfern, das tat er sich nicht an, das lag ihm nicht. Sollten doch diese Weichlinge in ihrer Bequemlichkeit verharren, wenn sie sich nicht anstrengen wollten! Und so gab es bei ihm die Einser- und die Zweier-Schüler - und die bequemen und die faulen bekamen mit etwas Glück eben eine vier, meist jedoch gar die Note fünf. So war er beliebt bei den Sportlichen, doch den Anderen vermieste er jegliche Freude an körperlicher Bewegung.

Auch wenn Sport sein Lieblingsfach war, so merkte er bald, dass als Sportlehrer keine Karriere zu machen war. Und so drängte er dazu, etwas weniger Sport zu unterrichten und mehr in der Mathematik und in der Biologie eingesetzt zu werden. Und es lohnte sich für ihn, sich zu opfern, wie er oft zu Martha am Mittagstisch sagte. Was er vor allem opferte, das war ein ganzes Stück seiner ihm lieben Freizeit, denn in der Mathematik und in der Biologie war der Unterricht viel intensiver vorzubereiten; dazu waren in diesen Fächer auch noch schriftliche Arbeiten zu korrigieren. Doch es lohnte sich wirklich für ihn: er erreichte jede Beförderung so früh wie möglich, wurde schon recht bald stellvertretender Direktor und schließlich draußen in Schwetzingen auch Schuldirektor am dortigen Gymnasium.

Martha konnte zu Recht auf ihren erfolgreichen Mann stolz sein; und Erfolg hatte er nicht nur im Beruf sondern auch im

Privaten. Schon in jungen Jahren nannten sie ein Reihenhaus ihr Eigen, besaßen ein Auto und einen der ersten Fernseher.

Nun gut, daran hatte auch Martha ihren Anteil; denn zunächst ging auch sie noch arbeiten. Für Kinder sei es noch immer Zeit, sagte ihr Mann, und sie pflichtete ihm bei und war weiterhin berufstätig.

Als die nötigsten Dinge - wie es Siegfried ausdrückte - endlich angeschafft waren, blieb Martha zu Hause bei ihren zwei Kindern, die sie ihrem Siegfried dann noch schenken durfte.

Kinder, die man wirklich herzeigen konnte: sie bekamen Tennisunterricht, gingen zum Judo, fuhren Ski, lernten Tauchen - keine Sportart war Siegfried für seine Kinder zu teuer. Und doch enttäuschten die beiden irgendwann ihren Vater: der Sohn wurde Kriegsdienstverweigerer. Er wollte einfach nicht zur Bundeswehr - nein, da wollte er nicht hin, auch nicht zu einer Eliteeinheit. Jura wollte er studieren, Jurist wollte er werden und Stubenhocker. Und die Tochter? Im Tennisverein noch Jugendmeisterin und dann mit achtzehn einfach keine Lust mehr zum Trainieren, ging als Au-pair-Mädchen für ein Jahr in die Staaten und kam mit einigen Kilogramm Übergewicht wieder nach Hause! Und trainiert hatte sie auch nicht mehr – einfach da drüben in Amerika den Schlendrian einreißen lassen! Unein-holbar, dieser Trainingsrückstand! Jede Chance auf eine Profikarriere vertan!

Solche Enttäuschungen blieben Fridolin erspart; denn er erwartete nichts von seinen Kindern: Nein, er schaute zu, ließ sie sich entwickeln, gab ab und an eine Anregung und war dabei nicht einmal sonderlich konsequent. In seinen Augen entwickelten sich seine Kinder so prächtig. Seine Tochter wollte Medizin studieren - doch den Numerus clausus, den schaffte sie nicht. Was musste sie auch nebenher noch Italienisch lernen? Wollte sie am Ende gar in Italien studieren, wo es keinen Numerus clausus gab? Ja, das wollte sie! Und Fridolin und Maria freuten sich mit ihr über diese Idee und besuchten sie ab und an im sonnigen Süden.

Und als sein Sohn noch schlechtere Noten nach Hause brachte, da diskutierte Fridolin mit ihm statt einmal mit der Faust auf den Tisch zu hauen. Ja, er diskutierte mit seinem Sohn und sie fanden beide die Lösung, dass es besser sei, der junge Mann verzichte auf das Abitur und werde Schreiner.

Fridolin war in Siegfrieds Augen wirklich zu weich – das zeigte sich auch an Fridolins Laufbahn. Zwar hatte er ebenso wie sein Schwager Siegfried seinen Berufsweg am gleichen renommierten Heidelberger Gymnasium begonnen; doch ähnlich wie Siegfried, der als junger Lehrer vor allem Sportstunden geben wollte, bemühte sich Fridolin, vor allem die so geliebte Musik zu unterrichten; seine anderen Fächer, Erdkunde und vor allem Französisch, unterrichtete er nur ungern und das brachte ihm nur Ärger ein. Im Französischen ließ er gerne französische Lieder singen und besprach deren Texte - doch Grammatik und Rechtschreibung kamen so zu kurz. Und da er sich auch schwer tat, die Disziplin unter den Schülern aufrecht zu halten, waren von ihm geführte Französisch-Klassen zum Schuljahresende stets etliche Lektionen mit dem Stoff gegenüber dem Lehrplan zurück. Übernahm dann im neuen Schuljahr ein Kollege eine solche Klasse, so gab es regelmäßig Unmut bei diesem Kollegen; denn die anderen waren es recht rasch leid, immer wieder die von Fridolin verursachten Lücken ausbügeln zu müssen. Aber auch den Schülern waren bald die Folgen klar: wer bei Fridolin Französisch hatte, der hatte - vor allem wenn er gerne sang – eine angenehme Zeit; aber dass sich das beim nächsten Lehrerwechsel rächte, begriffen selbst die Schüler recht rasch. Und als es sich erst noch in Schülerkreisen herumsprach, dass er mit Vornamen Fridolin hieß, da hatte er in Anlehnung an Spoerls berühmten Roman, die „Feuerzangenbowle", seinen Spitznamen und seinen Ruf weg.

Nach einigen wohlwollenden Gesprächen mit dem jungen Kollegen resignierte die Schulleitung und behalf sich damit, Fridolin möglichst nicht mehr für Französisch einzusetzen. Dass er in seinem Erdkundeunterricht ebenfalls landestypische Lieder einbrachte, konnte man ihm ja als besonderen Stil und unbedeutende Schrulligkeit ohne gravierende Folgen durchgehen lassen. Im Gegensatz zu Siegfried wurde er aber nie zum frühestmöglichen Termin befördert; aber so ganz übergehen konnte man ihn auch nicht, denn als Kriegsversehrter genoss er einen gewissen Schutz.

Irgendwann wurde Fridolin dann aber seine Lage doch zu unkomfortabel - er strebte eine Versetzung an. Nicht an irgendeine andere Schule in der Nähe, nein, Fridolin wollte weiter weg, irgendwohin, wo ihm sein Ruf nicht vorausgeeilt war. Und es gelang ihm, seine Frau zu überzeugen. Denn er hatte in Buchen, einem kleinen Landstädtchen im Odenwald, nicht nur ein kleines Landgymnasium, das einen Musiklehrer suchte, ausfindig gemacht, sondern auch einen kleinen Schreibwarenladen mit angeschlossener Bücherstube, den die derzeitige Inhaberin aus Altersgründen übergeben wollte. Er verstand es, seiner Maria das Projekt „eigener Laden" schmackhaft zu machen. Er warf in die Diskussion ein, dass sich heute doch jede

Familie ein Telefon leisten könne und dass man sich bald auch mit jedem seiner Freunde an einem anderen Ort problemlos unterhalten könne.

Und so zog wieder einmal ein Nachkomme des kinderlieben Briefträgers sich in den Odenwald zurück.

Für Fridolin war es ein Erfolg, denn an seiner neuen Schule konnte er den Schulchor übernehmen und bald auch noch den Kirchenchor am Ort. Als Chorleiter blühte er auf, als Chorleiter war er bald in dem kleinen Städtchen bekannt und sogar anerkannt, wenngleich ihm auch hier der Nimbus des Sonderlings anhing; doch geriet ihm dies keinesfalls zum Übel, denn die Leute auf dem Lande zählten ihn als Chorleiter zu den Künstlern und ein Künstler musste ja ein paar Macken und Schrullen haben - das wurde geradezu erwartet!

Zudem kam Fridolin mit den Schülern auf dem Lande sehr viel besser zurecht als in der Stadt und er hatte aus seinen ersten Erfahrungen im Schuldienst gelernt: er drückte sich mit Erfolg davor, Französisch-Stunden erteilen zu müssen; ja, er betrachtete es geradezu sogar als in Heidelberg erworbenes Recht, von diesem Fach befreit zu sein.

So hatte dann doch noch ein jeder seinen Weg und seine Anerkennung gefunden. Die Mutter der Zwillinge sah es nicht ohne Stolz, dass ihre Kinder ihren Weg gingen, dass aus ihren Mädchen etwas geworden war. Vielleicht war sie, der in ihrem Gerechtigkeitswahn stets die Gleichheit ihrer Zwillinge am Herzen gelegen, sogar die Einzige, die bemerkte, dass sich Friedi und Fridi nicht in allem unähnlich waren: was dem Einen der Sport, das war dem Anderen die Musik. Empfand der Eine auf

Dauer das Dasein als einfach nur unterrichtender Lehrer als sich ständig wiederholende Banalität und strebte dieser daher nach einem Direktorposten, so bot auch dem Anderen der normale Schulunterricht nicht die wahre Erfüllung. Vielmehr erfreute jenen die Arbeit und der Erfolg mit seinen Chören und so wurde dies' die innere Bestätigung und Triebkraft seines Lebens und Wirkens.

Vordergründig indes konnte man diese Gleichheit nicht nachvollziehen. Hier im Odenwald das Haus mit dem Laden, gleich das zweite Gebäude hinter dem Marktplatz an der Straße, die hinaus zur Schule führte. Der Laden selbst nahm die Vorderfront des Doppelhauses ein; die zwei Fenster zur Straße hin, wie noch eindeutig zu erkennen ursprünglich zwei gewöhnliche Stubenfenster, waren nach unten hin verlängert und als Schaufenster herausgeputzt. War das eine neben der Hofeinfahrt etwas chaotisch dekoriert mit überproportionalen Buntstiften und Werbung für Tintenpatronen, so war das andere umso liebevoller ausstaffiert mit Büchern und Blumenschmuck.

Folgte man dem Schild an der Hausecke und ging zwei, drei Schritte in den Hof hinein, so gelangte man seitlich am Haus in den ersten der beiden Ladenräume. Rechts war ein Tresen mit Kasse, dahinter bis zur Decke Regale mit Schulheften, Zeichenblöcken, Buntstiften, Allzweckklebern und Heftumschlägen. Auf der anderen Seite zwischen Eingangstür und Fenster drängten sich zwei Ständer mit Post- und Ansichtskarten vor den Auslagen mit Tageszeitungen und Zeitschriften. Zwischen Fenster und Durchgangstür zum zweiten Raum aber befand sich die Ecke, die diesem Lädchen den nötigen Umsatz garantierte, denn dort standen die Gläser mit Gummibärchen und Fruchtbonbons, da warteten in den Regalen an den Wänden die Schokoriegel und Erdnüsse und selbst eine kleine Tiefkühltruhe für Eis am Stil - halb ins Fenster ragend - zwängte sich in diese Ecke. Jedes bisschen Raum war genutzt und abgesehen von einer gewissen Grundordnung war die Fülle der Waren in einer faszinierenden Komposition: das Kleinere in den Lücken zwischen dem Größeren, das seltener Gebrauchte an einer Staubschicht zu erkennen.

Wer jedoch in den zweiten Raum hinüber ging, der betrat eine völlig andere Welt: Ringsum an den Wänden standen in Regalen die Bücher, sauber in Blocks gegliedert nach Gattungen und innerhalb der Blocks alphabetisch geordnet. Hinweistafeln und Schildchen leiteten den potentiellen Käufer und in der Mitte luden vier Sesselchen aus Rattan um ein rundes Tischchen zum Probelesen ein. Drängten sich im vorderen Raum auch noch so sehr die Käufer, so herrschte doch hier hinten Ruhe und Gediegenheit.

Ging man aber an der Ladentüre vorbei, so konnte man zwischen der hinteren Hausecke und der den Hof abschließenden Garage durch einen Torbogen in einen verwilderten Garten schauen. Gleich an der Haustür, die zum Treppenhaus führte, durch das man in die im Ober- und Dachgeschoß liegenden Wohnräume gelangte, war ein Sitzplatz. In den Ritzen seines gepflasterten Bodens blühte der kräftigste und sonnengelbste Löwenzahn; doch wenn es regnete, zeugten Pfützen davon, dass die darüber befindliche Bedachung undicht war. An der rostigen Wäschespinne daneben waren Dank etlicher Knoten alle Leinen intakt und die Kinderschaukel, die an einem dicken Ast eines alten Nussbaumes hing, hatte ein gesplittertes Sitzbrettchen. Wäre nicht ab und an Marias Mutter, das gute alte Kindermädel aus Mannheimer Tagen, das ja nun auch schon lange Großmutter geworden, ein paar Tage zu Besuch gekommen, so hätte das Gras alles überwuchert, die Johannisbeeren wären am Busch vertrocknet und die Nüsse wären unaufgehoben vom Schnee bedeckt worden. Wenn aber die gute alte Frau dann nach getaner Arbeit sich am Nachmittag einen Liegestuhl irgendwo aus der Garage hervorkramte und sich auf den von ihr frisch gemähten Rasen setzte, dann konnte sie sich an den schönsten Geigenkonzerten, die aus einem geöffneten Fenster im Obergeschoß erklangen, erfreuen.

So also das Haus der Schwester im Odenwald. Drunten im Rheintal führten die Besuche die Großmutter hingegen in ein schmuckes Reihenhaus mit englischem Rasen im Gärtchen dahinter. Im Herbst wurde sorgfältig darauf geachtet, dass die aus den Nachbarsgärten herein gewehten Laubblätter rasch entfernt wurden und im Frühjahr wurde der Rasen sorgfältig vertikutiert und gedüngt. Die immergrünen Hecken ringsum waren stets akkurat geschnitten und der Tannenbaum in der Mitte des hinteren Gartendrittels war zur Weihnachtszeit mit elektrischen Kerzen geschmückt. In den äußersten Ecken des Grundstückes standen indes zwei identische Gartenhäuschen aus dicken, sauber gestrichenen halbrunden Bohlen. Das eine beherbergte die Aluleichträder der Familie samt einer kleinen Werkstatt zu deren Pflege; in der anderen Hütte lagerten die Surfbretter und Kletterseile. Die Taucheranzüge aber waren frostsicher im Keller untergebracht.

Vorne am Haus führte eine stets frisch geputzte, von wunderschönen Ziergeländern eingefasste Treppe zur Haustür aus weißem Holz und mit dünnem Goldrand eingefassten Butzenscheiben. War Regenwetter, so konnte man, bevor man das Haus betrat, den Schirm bequem unter dem auf goldfarbenen Trägern ruhenden Glasdach zusammenfalten. Der Herr des Hauses hatte extra einen speziellen Schrubber konstruiert, mit dessen Hilfe man vom Badezimmerfenster aus die Oberseite des Glasdaches nach Regen wieder trocken reiben konnte, so dass keine Wasser- oder sonstigen Flecken zurück blieben.

Der kleine Vorplatz links neben der Treppe war kunstvoll mit Blumen bestückt und es war der Stolz der Hausfrau, dass fast zu jeder Zeit etwas anderes in bunten prallen Farben blühte und prasste.

Oft blieben Passanten beim Sonntagsspaziergang vor dem Anwesen stehen und murmelten halblaut ihre Kommentare, die im Wesentlichen meistens „klein aber fein" oder ähnlich lauteten. Nur vereinzelt gab es dann und wann aber auch das Urteil: „Zwar kein richtiges Haus, aber ganz schön herausgeputzt, die Scheibchenvilla". Insbesondere bei diesem und jenem Schüler war diese Meinung vorzufinden.

An jedem Donnerstagnachmittag, ziemlich genau um drei Uhr, schritt die gute alte Großmutter das Treppchen zur Haustüre hinauf, bewunderte und lobte - sobald ihr die Tochter die Haustüre geöffnet - alles, was da gerade zu ihrer Linken üppig und ausladend blühte. Und pünktlich viertel vor fünf Uhr wurde die gute Großmutter an eben derselben Türe von ihrem Schwiegersohn mit einem freundlichen „dann bis nächsten Donnerstag" verabschiedet, was diese mit einem „viel Spaß am Wochenende bei der Bergtour" oder so ähnlich beantwortete.

Somit hatte wieder einmal die gute alte Frau — so traurig dies auch war - Recht behalten: ihre Töchter und Schwiegersöhne waren sich auch in diesem Punkt sehr ähnlich, denn so richtig Zeit hatte niemand mehr für sie.

***

Ja, keine der Töchter hatte sich in diesen Tagen mehr so richtig Zeit für die alte Mutter genommen - und jetzt würde Martha dieselbe Erfahrung machen müssen! Diese Erkenntnis schreckte Martha aus ihren Erinnerungen; sie sah sich um und stellte fest, dass sie noch immer zwischen Fridolin und Siegfried saß, auf der Beerdigung ihrer Schwester. Wo waren nur all' die anderen? Zum Ersten ihr liebevoller Vater, der herzensgute Mann, der so sehr in seine Kinder vernarrt gewesen! Wo nur, wo? Irgendwo dahin gesunken – ermattet und entkräftet, fern seiner Lieben, in einem kalten fremden Land.

Die aufopferungsvolle Mutter, die liebe alte Seele, das einfache, aufrechte Gemüt - wo war nun sie? Die Mutter, die sie mit einfachsten Mitteln doch mit nicht wenig Liebe in dieses Leben hineingetragen! Und für die sie in den letzten Jahren doch ach so wenig, genau zugeteilte Zeit nur hatte! Auch sie heimgegangen – bald schon vor einem Viertel Jahrhundert. Wohl der Schlag im Schlaf ereilt und keine Hilfe gekommen, in einer Nacht von Freitag auf Samstag. Wohlig im eigenen Bett - doch nicht minder einsam wie der Vater. Wenn sie es denn noch gemerkt hat? Wenn sie es nun wirklich noch gemerkt hat!

Und jetzt auch die Schwester; mit ihr in die Welt gekommen und sich nun so einfach hinaus gestohlen! Welch' Anspruch in den frühen Jahren, gleich zu sein! Anspruch geboren aus der Mutter Gerechtigkeitssinn. Und dann doch alles so anders gekommen!

Allein! Allein mit Fridolin und auch - es war nicht zu bestreiten - mit Siegfried. Seit Jahren Seit' an Seite: neben Siegfried, lang vertraut, alles gemeinsam ge- und auch ertragen - aber nun doch allein.

Und während der Pfarrer mit der Laudatio auf die treulose Schwester begann, verhakten sich Marthas Gedanken wieder. Das Spinngewebe der Erinnerungen hängte sich an jenem unheilvollen Tag auf, an dem der letzte Abschnitt ihres gemeinsamen Lebens begonnen. Der Anruf von Fridolin war an einem Donnerstagabend gekommen: der Doktor habe Maria ins Krankenhaus eingewiesen.

„Wie, ins Krankenhaus – ja warum denn?"

Nun, sie wisse doch selbst: Maria - in letzter Zeit so bleich, immer so schnell außer Atem, selbst der kurze Weg vom Tresen in die Bücherstube bescherte ihr fast schon Atemnot!

„Aber doch nichts Ernstes?"

Wie man es denn nehme: Anämie eben, aber schon sehr ernst. Er, Fridi, mache sich jetzt Vorwürfe, dass er seine Geige nicht früher aus der Hand gelegt und mit seiner lieben Maria zum Arzt gegangen sei. Dann hätten ja vielleicht noch ein paar Eisentabletten geholfen!

„Ja – und jetzt?"

„Bluttransfusionen - schon zwei Bluttransfusionen!"

Nun, das sei ja nicht verkehrt – die würden doch bestimmt helfen!

Doch trotz allgemein verhaltener Zuversicht hatte Martha darauf bestanden, dass Maria gleich am nächsten Tag zu besuchen sei. Das sei sie ihrer Schwester schuldig! Und schließlich sei die ja auch schon fast fünfundsiebzig.

„Du ja auch", hatte Siegfried lachend erwidert. Aber ob es nicht vielleicht doch noch einen Tag Zeit habe - oder zwei? Freitags träfe er sich doch immer mit Wolfgang und Hartmut zum Schwimmen. Und am Samstag müsse er nochmals den Rasen mähen – nächste Woche sei schlechtes Wetter vorher gesagt.

Martha wollte schon anfangen zu argumentieren: eigentlich könne er ja auch einmal alleine gleich in der Früh´ sein Schwimmpensum absolvieren oder zumindest das Rasenmähen auf Freitag vorziehen; doch dann tat sie zu ihrer Verwunderung etwas, was sie schon lange nicht mehr getan hatte: „Ist natürlich schade, wenn Du keine Zeit hast! Aber wenn es nun einmal nicht anders geht, dann fahr´ ich eben morgen einmal alleine. Wenn Maria ein paar Tage im Spital bleiben muss, kannst du mich ja das nächste Mal begleiten - oder einfach einmal telefonieren und gute Besserung wünschen."

Und zu Marthas eigener Verwunderung war Siegfried offensichtlich so etwas wie überrumpelt. Hatte er doch ihr ganzes gemeinsames Leben lang die große Linie stets vorgegeben, hatte er doch seit seinem Ausscheiden aus dem Schuldienst auch die Details nach seinem Gusto und nach seinen Bedürfnissen festgelegt – nun auf einmal entschied Martha für sich, was zu tun sei. Und sie war offensichtlich auch gewillt, ihre Pläne umzusetzen! Martha, die sonst immer so pflichtbewusst gewesen – seine Martha, die ihn doch sonst immer so vorbildlich unterstützt hatte!

Siegfried kam kurz ins Grübeln, was zu tun sei: auf seinen geliebten Sport verzichten und doch Martha begleiten? Oder sie einfach gehen lassen? Soll sie doch schauen, wie sie zurecht kommt! Oder aber ihr klar und deutlich widersprechen - ihr zeigen, dass sie doch als Einzelne nicht einfach bestimmen könne?

Er entschied sich halbherzig für letzteres: sein Schwimmen sei ihm schon sehr wichtig, für seine Knie und für seine Gelenke. Und zudem sähe er ja seine Freunde so selten. Also da wolle er nicht gerne verzichten, das würde sie doch bestimmt verstehen. Und mit dem Bus fahre er auch nicht gerne ins Bad; also das Auto, das bräuchte er eigentlich schon.

So solle er doch bitte das Fahrrad nehmen, erwiderte ihm darauf hin zu seiner Überraschung Martha. So sportlich wie er sei, würden ihm ja die vier Kilometer hin und zurück nichts ausmachen. Gegebenenfalls könne er ja die eine oder andere Bahn weniger schwimmen. Und außerdem verstehe sie das nicht: Hartmut und Wolfgang träfe er jede Woche zumindest einmal — Maria und Fridolin habe man aber schon seit sechs Wochen nicht mehr gesehen. Ob er ihr tatsächlich in dieser Situation das Auto wegnehmen wolle?

Ja, sie hatte tatsächlich von Auto wegnehmen gesprochen! Hatte nicht etwa gebeten, ob er ihr nicht vielleicht doch das Auto lassen könne, wie sie es sonst getan hätte.

Siegfried war den Rest des Tages einsilbig gewesen. Es passte ihm nicht. Aber er wusste nicht so richtig, wie er die Situation einigermaßen mit Anstand meistern sollte. Schließlich entschied er sich dafür, gute Miene zum für ihn ungewohnten bösen Spiel zu machen und rief Hartmut an, ob er nicht morgen bei ihm mitfahren könne. Und zu Martha sagte er, er lasse Maria und Fridolin schön grüßen, man sehe sich ja in knapp zwei Wochen zu seinem Geburtstag; er sei ja auch überzeugt davon, dass Maria schon Anfang nächster Woche wieder nach Hause käme.

Martha fuhr also alleine in den Odenwald und fand im Krankenhaus eine Maria vor, die schon wieder ein wenig Farbe im Gesicht hatte aber noch an einem Tropf hing. Auch sie bestätigte frei heraus, dass es ihr schon wieder recht passabel ginge und sie doch wohl schon morgen oder spätestens am Sonntag nach Hause käme. Sie könne ja auch die Bücherstube nicht so lange allein lassen.

Ja, die Bücherstube! Eigentlich hätte Maria sich schon lange zurückziehen können – aber sie brachte es nicht übers Herz! Zwar halfen ihr stundenweise zwei andere, jüngere Frauen im Laden, aber es kam noch immer vor, dass einmal keine der Hilfen Zeit hatte und Maria alleine im Laden stand. Und überhaupt: bei der Bücherstube ließ sich Maria nicht hineinreden. Im Schreibwarengeschäft hatten die jüngeren Partnerinnen inzwischen das Zepter übernommen, aber in der Bücherstube hatten sie nichts zu suchen!

„Was soll ich denn auch ohne meine Bücherstube!" So antwortete Maria einem jeden, der sie darauf ansprach. „Soll ich etwa nur noch Haushalt machen und dabei vollends alt werden? Wo mir doch Waschen, Kochen und Putzen gar keine Freude macht? Da nehm´ ich mir doch lieber jemand für den Haushalt und gönn´ mir mein Geschäft!"

Und so war es auch! Halfen ihr im Laden schon zwei Frauen, so kam zwei Vormittage in der Woche noch eine dritte, um das

Nötigste im Haushalt zu machen. Und Fridolin schickte sich darein und kochte zu Mittag und räumte die Küche wieder auf. Nur der Garten, der Garten verwilderte vollends. Hier lag es nun am Sohn, zweimal im Jahr wenigstens einzugreifen und das Allerschlimmste zu verhindern.

Abgesehen davon war Fridolin nicht nur beim Kochen sondern auch sonst sehr anpassungsfähig. Jeden dritten Mittwoch im Monat öffnete die Bücherstube am Abend: Maria las aus neu erschienen Büchern vor und Fridolin umrahmte die Veranstaltung mit seiner Geige. Wenn auch nie viele Menschen kamen, ein gutes Dutzend oder ein paar mehr waren es schon immer; denn Eintritt verlangten die beiden nicht. Aber in dem Körbchen, das am Ende umher ging, fanden sich doch immer etliche Euro, von denen die Patenschaft für ein Kind in Indien finanziert wurde.

Tja, Maria brauchte ihre Bücherstube und die Bücherstube brauchte Maria.

Und an jenem Freitag begann Martha, Maria wieder zu beneiden. Nicht wie damals vor vielen, vielen Jahren, als Maria ins Krankenhaus durfte und Maria nicht. Nein, diesmal neidete Martha Maria den Grund, keine Zeit für das Krankenhaus zu haben sondern wieder zurück zu ihrer Aufgabe zu müssen.

Doch trotz Marias Optimismus schien eine frühe Entlassung aus dem Krankenhaus gar nicht so selbstverständlich. Die Ärzte! Die Ärzte gaben zu bedenken, man müsse schon ergründen, wo denn das viele Blut geblieben sei. Ob denn Maria vielleicht eine Geschwulst habe, die innerlich blute?

Davon habe sie nichts bemerkt, warf Maria ein.

Das müsse sie auch nicht unbedingt, hatten die Ärzte gesagt, sie solle aber doch ein paar Tage bleiben, sicherheitshalber, um Magen und Darm zu untersuchen. Wenn man so etwas rechtzeitig erkenne, dann sei das heutzutage alles so gut wie kein Problem. Aber frühzeitig müsse es eben sein!

Fridolin in seiner unbestimmten Art meinte nur, das solle Maria sich doch durch den Kopf gehen lassen. Er freue sich ja einerseits über jeden Tag, den sie wieder früher nach Hause komme, und es mache auch überhaupt keinen Spaß, nur für sich selbst zu kochen. Aber wenn es denn sein müsse! Die Ärzte hätten da ja doch schon irgendwie Recht. Und den Laden - ja, irgendwie ginge das schon: Die Frauen könnten vielleicht die eine oder andere Stunde länger oder vielleicht auch er selbst ab und an ein Stündlein, und vielleicht könne man ja auch am Nachmittag ein bisschen später auf machen und ein bisschen früher schließen.

Maria ließ sich überzeugen - auch wenn ihr das mit später auf und früher zu machen gar nicht schmeckte und sie bat Fridolin, das doch möglichst zu vermeiden. „Auch wenn du Armer gar nicht mehr zu deiner Geige kommst", setzte sie verständnisvoll hinzu.

„Ach ja", seufzte Fridolin, „den einen oder anderen Tag wird es schon auch ohne Geige gehen. Und vielleicht springt doch ein Stündchen in aller Früh´ oder am einen oder anderen Abend heraus."

So hatte Martha ihrem Siegfried nach ihrer Rückkehr an jenem Freitag doch so allerlei zu erzählen. Sicherlich habe er nicht Unrecht gehabt, so richtig schlimm sei es denn nun wohl nicht. Aber ein paar Tage Krankenhaus immerhin — man werde vielleicht sogar seinen Geburtstag ein bisschen später feiern müssen.

Und Siegfried? So ein klein bisschen bestürzt war er doch nun schon. Nicht nur, dass er artig sagte, sein Geburtstag sei auch nicht so wichtig und eine Einladung ließe sich ja jederzeit nachholen; nein, er veranlasste sogar bereits für Sonntag einen weiteren gemeinsamen Besuch im Odenwald. Zudem zog er sich an jenem Abend zurück und fing an, in seinen Biologie-Lehrbüchern und auch im Hausarztbuch über die Ursachen von Blutarmut nach zu lesen.

Und begann bereits am nächsten Morgen, seine Frau, die Martha, genau und kritisch anzuschauen: sie sei doch auch so ein bisschen bleich, sie solle doch auch in der nächsten Woche gleich einmal zum Hausarzt gehen und nach ihrem Bluteisengehalt schauen lassen!

Doch ganz anders als vor vielen Jahren, als die Martha zum Schuster ging, um Schuhe zu polieren und sich von den paar verdienten Groschen Kirschen kaufte: diesmal wollte sie nicht krank sein, wollte nicht wie Maria im Krankenhaus liegen. Folglich schob sie Siegfrieds Besorgnis zur Seite: Sie fühle sich kein bisschen müde, und wirklich bleich sei sie ja nun auch nicht! Und von wegen außer Atem! Sie fahre ja noch fast jede Woche zweimal mit Siegfried Fahrrad und erledige dazu noch die meisten Einkäufe mit dem Drahtesel!

Doch was sie verschwieg, begann auch an ihrem zur Schau gestellten Selbstbewusstsein zu nagen: in der flachen Rheintalebene mit Siegfried eine Stunde Rad zu fahren, das ging schon noch. Denn auch Siegfried wurde älter und Siegfrieds Knie waren vom vielen Bergsteigen auch nicht besser geworden. Jeder schnelle Antritt tat Siegfried heute weh und meist trug er eine J-Pelotte über dem linken Kniegelenk. Das kam ihr sehr entgegen, denn schon allein das schnelle Losfahren mit dem Rad brachte auch sie außer Puste. Ganz zu schweigen davon, dass sie bei jeder kleinen Steigung mogeln musste - und sei es auch nur die Rampe zu einer Brücke über irgendwelche Bahngleise oder Schnellstraßen. Sie fuhr diese kleinen Anstiege immer mit dem niedrigsten Gang hinauf und hatte es sich auch noch zur Angewohnheit gemacht, oben auf der Brücke anzuhalten. Dann sah sie ein paar Minuten von der Brücke hinunter, auch wenn es gar nichts Tolles zu sehen gab. Sie brauchte diese Pause ganz einfach, um zu verschnaufen!

Und mit dem Einkaufen verhielt es sich so, dass es zu Fuß schon gleich gar nicht mehr ging. Aber auf dem Fahrrad dreimal getreten und dann rollen lassen und wieder zweimal die Pedale gedreht und wieder rollen lassen – das ging ganz gut. Nach Hause gekommen war es ihr zudem eine liebe Angewohnheit geworden, Siegfried zu rufen: „Sei doch 'mal so gut, jetzt bin ich schon alleine durch alle Läden … .“

Wenn sie also ehrlich zu sich selbst war: sie brauchte schon auch ihre Pausen, um Luft zu holen. Aber andererseits hatte es Maria ja schon angestrengt, vom Tresen bis zur Bücherstube zu kommen! Also da lagen ja dann doch noch Welten dazwischen! Mit über siebzig hatte man eben auch schon ein gewisses Alter und war beileibe keine zwanzig mehr, wie man so schön sagte! Nun ja, man könnte ja vielleicht doch bei Gelegenheit einmal zum Doktor - aber eilig sei es ja wohl nicht. Jetzt müsste erst einmal wieder Maria auf die Beine kommen und dann werde man noch immer weitersehen.

Und hoffend, dass Siegfried das Thema wieder vergessen würde, wenn nur Maria recht rasch wieder gesund sei und die Zeit ein wenig Gras darüber wachsen ließe, speiste sie ihn mit einem „jaja" ab. Dieses „jaja" war ihr in den letzten Jahren immer mehr zur Angewohnheit geworden, weil es für sie bequem war - ihm aber war es fast schon verhasst, denn er spürte, dass darin nicht nur Gleichgültigkeit lag.

Am Sonntag war es dann recht voll in Marias Krankenstube: Fridolin war da, natürlich, und Ruth, die Tochter, die mit Ehemann und Doktortitel aus Italien zurückgekehrt und irgendwo weit im Bayerischen eine Landarztpraxis betrieb. Dazu gaben sich die Frauen aus dem Dorf die Klinke in die Hand; sie kamen zu dritt oder zu viert, nach Fahrgemeinschaften geordnet. Und wenn auch niemand lange blieb, so ging es doch gedrängt wie in einem gut besuchten Supermarkt zu.

Meist führten Ruth und ihr Ehemann das Wort; auch er war nicht so gut in der Schule gewesen, auch er war zum Medizinstudium nach Italien gegangen und hatte dort Ruth kennen gelernt. Der Schwiegersohn und die Ruth unterstützten die Kollegen vor Ort in ihrem Urteil, man solle nicht nur die Symptome behandeln und die Mutter wieder mit Bluttransfusionen und Eisenpräparaten aufpäppeln. Denn es sei wirklich auch wichtig, der Ursache für die Krankheit auf den Grund zu gehen. Soweit war sich das im Süden studierte Ehepaar noch einig.

Doch dann begannen auch schon die Differenzen. Der Meinung des Schwiegersohnes, Maria solle nur im Krankenhaus bleiben, auch wenn es eine ganze Woche dauere, widersprach die Tochter deutlich: Die Mutter solle ruhig schauen, wieder recht rasch nach Hause zu kommen, denn zu Hause fühle sie sich ja am wohlsten. Die erforderlichen Untersuchungen könne sie auch ambulant durchführen lassen. Doch davon hielt wiederum der Schwiegersohn nichts, denn in der Klinik könne man alles gebündelt in wenigen Tagen erledigen und dann hätte man Klarheit. Ambulant ziehe sich so etwas hingegen und werde am Ende nicht ernst genug genommen und gar noch verschlampt! Zudem bestünde obendrein noch das Risiko, dass - verberge sich wirklich eine schlimme Ursache hinter der Anämie - sich vielleicht noch unnötige Komplikationen einstellen würden.

Dieser Diskurs wiederholte sich nun drei- bis viermal und wurde jeder neu angekommenen Gruppe von Frauen vorgetragen. Die gute Maria lag nur in ihren Kissen, begrüßte ihre zahlreichen Besucher, nahm die Blumen, Pralinenschachteln und Saftflaschen entgegen und ließ der wilden Diskussion um sich herum ihren freien Lauf. Es war für sie wohl so auch am wenigsten anstrengend. Fridolin hingegen versuchte jeweils nach etlichen Minuten, das Streitgespräch zu einem Ende zu bringen: es sei ja ganz interessant, dass man alles und so auch dieses von zwei Seiten betrachten könne; Maria werde es wohl einmal überschlafen und dann selbst entscheiden, was für sie das Beste sei.

Auf dem Heimweg war Siegfried fast ein wenig beleidigt: man sei ja so gar nicht beachtet worden! Da fahre man extra in den Odenwald hinaus, obwohl im Fernsehen das interessante Tennisspiel liefe, und dann werde man einfach mehr oder weniger unbeachtet an der Fensterbank stehen gelassen.

„Wir hätten halt nicht am Sonntag fahren sollen", warf Martha ein, „das war ja fast schon zu befürchten, dass Maria am Sonntag von vielen Bekannten besucht wird."

Am liebsten hätte sie noch hinzugesetzt: „Am Freitag, da war ich mit Fridolin allein bei Maria, da war Zeit." Aber sie verkniff sich diese Bemerkung; denn sie wusste, dass Siegfried solche Spitzen nicht gut vertrug. Von dem einst so schneidigen Leutnant blieb so nach und nach nur noch der Leutnant, nur noch der selbstsichere Vorgesetzte übrig. Nicht, dass sie ihm dies verübelte; so war er nun einmal und als sie ihn heiratete, war sie um diesen forschen Mann beneidet worden. Aber die Zeiten hatten sich geändert und ihr blieb nicht verborgen, dass die alten Angewohnheiten aus der Offizierslaufbahn nicht mehr in die Zeit passten. Die Achtundsechziger hatten das Land verändert, doch Siegfried hatte die Tür zu seinem Direktorat gut verschlossen gehalten. So nach und nach verstand Martha, was - obwohl nicht für ihre Ohren bestimmt - sie einmal von einem jungen Kollegen ihres Mannes gehört hatte: Der Chef würde die Schule nur verwalten aber nicht gestalten.

Fridolin indes mit seiner unbestimmten Art behielt am Ende wieder Recht. Zwar hielt es Maria am Montag noch im Krankenhaus aus. Doch als sie feststellte, dass sie auf die Magen- und Darmspiegelung bis Mittwoch warten müsse, sagte sie zu Fridolin: „Warten kann ich doch auch zu Hause in meiner Bücherstube, dazu muss ich nicht hier herumliegen."

Und Maria ließ sich auch nicht davon überzeugen, dass sie die Untersuchungen nicht mehr an der Klinik bekomme, wenn sie diese erst verlassen habe. „Ach was", hatte Maria vielmehr gesagt, „ich glaube, die Ruth hat doch Recht. Es gibt halt immer auch einen anderen Weg und die Untersuchungen kann ich auch ambulant machen lassen."

Ja schon, aber auch dann werde sie leider auf Termine warten müssen.

„Und wenn schon", war Marias Antwort gewesen, „muss ich halt solange Eisentabletten einnehmen und mein Hausarzt muss das Blut regelmäßig kontrollieren. Wird am Ende für die Kasse immer noch billiger sein als wenn ich hier tagelang stationär bin. Auf jeden Fall vergeht die Wartezeit bei meinen Büchern garantiert schneller als hier in dieser Krankenstube und am Ende werd' ich hier gar noch verrückt!"

Und Maria blieb bei ihrem Entschluss und entließ sich am Dienstagmorgen selbst aus dem Krankenhaus.

Und Fridolin? Fridolin stand loyal zu seiner Frau: sie werde schon wissen, was für sie selbst am Besten sei; die Ruth habe es ja auch so vorgeschlagen und die Ruth sei doch auch Ärztin und die Ruth kenne von allen Doktoren doch wohl ihre Mutter am Besten.

Mit dieser Einstellung gab sich Fridolin zufrieden, wie es Siegfried nannte. Beim gemeinsamen Frühstück mit Martha am Mittwochmorgen bezeichnete Siegfried Fridolin als verant-wortungslos; so könne Fridolin doch nicht mit Marias Gesund-heit umgehen!

Und als er eine Weile so lamentiert hatte, kam ihm wieder die Angst vom Freitagabend in den Sinn: „Also ich nehme die Gesundheit meiner Frau ernster", begann er, „am Besten ist, Du gehst gleich noch diese Woche zur Blutuntersuchung."

Martha verkniff sich das ihr inzwischen liebgewordene „jaja", denn sie befürchtete, Siegfried noch weiter zu reizen. Also entschloss sie sich, zum Schein einzulenken: „Du hast ja wahrscheinlich Recht. So eine läppische Blutuntersuchung, was ist da schon dabei. Ich lass' mir bei Gelegenheit einmal einen Termin geben." Und sie hoffte, die Sache auf die lange Bank schieben zu können. Doch sie hatte die Rechnung ohne Siegfried gemacht; der stand nämlich auf, ging zum Telefon und meldete sie gleich für den nächsten Morgen bei ihrem Hausarzt zum Blutabnehmen an.

Als Siegfried den Hörer wieder auflegte, protestierte Martha sanft: „Also das hätt' ich doch selber machen können - morgen passt es mir gar nicht so recht."

Aber Siegfried zeigte sich liebenswürdig: „Das habe ich doch gerne für dich gemacht. Der Mann von der Ruth hat ja auch nicht so ganz Unrecht: man verschleppt und vergisst so etwas gerne."

Ja, da hatten die beiden Männer Recht, der Siegfried und der Schwiegersohn vom Fridolin: man verschleppt so etwas gerne. Die Martha, nun die Martha konnte nicht mehr auskneifen. Beim Doktor anrufen und den Termin wieder absagen, das war ihr auch zu kindisch. Und einfach am nächsten Morgen verschlafen? Ob das zu etwas führte? „Wohl kaum", gestand sich Martha ein, „und was soll überhaupt schon rauskommen? Sind die Blutwerte gut, ist's ausgestanden und Siegfried ist zufrieden. Und wenn nicht? Na, so schlimm wie bei der Maria kann es ja nicht sein, also mehr als ein paar Eisentabletten drohen ja nun wirklich nicht!"

Martha konnte also nicht mehr auskneifen – aber die Maria! Zwar war Maria brav regelmäßig zu den Blutuntersuchungen gegangen und hatte auch vierzehn Tage später eine Magen-spiegelung über sich ergehen lassen. Aber die Darmspiegelung, der sie sich wiederum eine Woche später unterziehen sollte, die sagte sie schon wieder ab, denn Maria mochte wie die meisten Menschen die künstliche Darmentleerung vor so einem Eingriff nicht. „Die Bluteisenwerte", argumentierte Maria, „sind schön hoch geblieben, Magengeschwür habe ich keines, also warum soll ich mir die Tortur antun?"

Fridolin fühlte mit ihr – und dennoch stellte er ihr die Frage: „Meinst Du wirklich, es ist nicht doch ein bisschen leichtsinnig, auf die Untersuchung zu verzichten?"

„Lass mich heut' Abend die Ruth anrufen", machte Maria einen Kompromiss, „die Ruth hat Ahnung, von der Ruth fühl' ich mich gut beraten!"

Doch auch die Ruth stellte diesmal die Frage, ob es nicht doch vielleicht sinnvoller sei, die kleine Tortur auf sich zu nehmen.

„Ich mag so gar nicht", war Marias Antwort und sie schilderte Ruth von Frau zu Frau ihre Abneigung gegen diese Untersuchung. „Ich bin doch schon eine alte Frau. Kann man da nicht etwas anderes tun?"

Und damit hatte sie die Ruth dann doch getroffen: Maria solle wenigstens nach Blut im Stuhlgang schauen und die Eisenwerte - das müsse sie ihr versprechen - alle vier Wochen überprüfen lassen.

Und wieder war ein Kompromiss gefunden. Der behandelnde Hausarzt schüttelte zwar auch ein bisschen den Kopf; doch Maria hatte inzwischen gelernt, dass sie mit ihrem Argument „ich bin doch schon eine alte Frau" die Menschen zum Nachdenken und meist zum Einlenken brachte.

45

Und so schluckte Maria brav ihre Eisentabletten und die Bluteisenwerte blieben einigermaßen stabil und im Odenwald war man's zufrieden. Sogar der Schwiegersohn wurde nachdenklich und meinte, vielleicht müsse man doch nicht immer alles machen - und hatte somit für die langen Fahrten von den Besuchen im Odenwald heim ins Bayerische immer ein Gesprächsthema mit seiner Frau: wer denn nun ein sorgfältiger und wer denn nun ein guter Arzt sei und ob es da wirklich Unterschiede gäbe?

***

Die Maria war also sozusagen den Ärzte nochmals von der Schippe gesprungen - aber die Martha kam ganz im Gegenteil immer tiefer in den Strudel der medizinischen Vorsorge.

Zuerst waren die Eisenwerte wirklich nur ein bisschen unter dem Soll gewesen. „Fast schon ein bisschen viel", hatte ihr Hausarzt es vorsichtig ausgedrückt. „Aber da nehmen wir nun ein paar Eisentabletten und schauen einmal, ob das wieder in Ordnung kommt."

Also nahm nun die Martha wie die Maria auch ein paar Eisentabletten und das sollte vielleicht auch so sein, weil sich eineiige Zwillingsschwestern wie ein Ei dem anderen gleichen.

Und tatsächlich pendelte sich sowohl bei Maria als auch bei Martha das Hämoglobin immer so bei elf, so ganz knapp unter dem Sollwert ein. Allerdings mit dem einen Unterschied, dass sich Maria und ihr Hausarzt darüber freuten: toll sei der Wert ja nicht, aber angesichts dessen, wie es ihr vor etlichen Wochen ging, habe das sich ja ganz nett stabilisiert. Man war damit zufrieden, man sprach nicht mehr über weitere Maßnahmen. Der Hausarzt fragte, wie sie sich denn fühle, und Maria war schlau genug, zu antworten: „Ganz passabel, Herr Doktor, ich bin nicht unzufrieden." Nein, die Maria war wirklich nicht unzufrieden, da hatte sie nicht einmal gemogelt, nicht einmal ein klein bisschen. Dass sie wieder problemlos vom Tresen in die Bücherstube kam, das war schön. Dass sie beim Weg vom Laden über eine Stiege hoch in die Wohnung auf dem Absatz einmal ausschnaufen musste, nun, das war eben das Alter.

Fridolin fragte schon manchmal nach, wenn er mit ihr die Treppe hoch ging und sie auf dem Absatz kurz rastete: „Na, so ganz fit bist Du ja nicht?" – worauf Maria lachend sagte: „Du musst gerade etwas sagen, Du mit Deinem verlorenen Fuß! Behilfst dich schon seit Jahren recht gut durch das Leben!"

„Ja schon, aber zum Geige spielen brauch´ ich den ja auch nicht."

„Und ich komm auch noch in die Bücherstube, bevor die Kunden wieder gehen!"

Dann lachten sie beide und gingen weiter und freuten sich ihres Lebens, an der Geige und an den Büchern.

So war´s im Odenwald.

Martha´s Hausarzt aber schüttelte den Kopf von Mal zu Mal bedenklicher: „Immer nur elf", pflegte er zu sagen, „und so gar kein Fortschritt. Die Tabletten sollten besser helfen." Und als er dieses etliche Male gesagt, meinte auch er: „Da müssen wir einmal sehen, was da die Ursache ist. Nicht dass Sie ein Magengeschwür haben."

„Ach wissen Sie, Herr Doktor, meine Zwillingsschwester hat auch immer nur elf. Die ließ sich untersuchen, aber Magengeschwür haben sie keines bei ihr gefunden. Warum soll es denn bei mir anders sein?"

Aber das ließ der Mediziner nicht gelten: Die Gleichheit von Zwillingen habe ja irgendwo ihre Grenzen und er wünsche der Schwester nur, dass die Kollegen da nichts übersehen hätten.

Darauf wusste die Martha keine passende Antwort mehr. Dass ihre Schwester die weiteren Untersuchungen schlichtweg abgesagt hatte, das wollte sie ja auch nicht in die Diskussion einbringen. Sie konnte sich nur zu gut vorstellen, wie ihr Arzt das bewerten würde!

Doch fast noch schlimmer als der Doktor setzte Siegfried seiner Frau zu: So dürfe man doch nicht mit seiner Gesundheit umgehen. Wenn der Körper schon Signale sende, dann solle man die auch ernst nehmen. Was wäre schon dabei, wenn Martha sich einmal gründlich untersuchen lasse?

„Wenn nicht die Maria", so hielt dann Martha meist dagegen, „ins Krankenhaus gemusst hätte, dann wär' gar niemand auf die Idee gekommen, nach meinem Blut-Eisen-Gehalt zu schauen. Nein, ich würd' wahrscheinlich ganz einfach glücklich und zufrieden in den Tag hinein leben ohne mir Sorgen und Gedanken zu machen!"

„Das kannst du nicht wissen", war darauf die Antwort, „ich glaub' vielmehr, hätt'st Du nicht mit den Eisentabletten begonnen, dann wär' es Dir wie der Maria gegangen: irgendwann total zusammengeklappt und ins Krankenhaus gekommen. Notfall mit Bluttransfusion und so."

„Das ist nur eine Vermutung von Dir, weiter nichts", traute sich die Martha einzuwerfen - doch damit kam sie beim Siegfried schlecht an.

„Aber Du hast Recht damit, dass Du einfach glücklich in den Tag hinein leben könntest! Einfach so, ohne Eisentabletten - wie die Maria, genau wie die Maria: bis es nicht mehr geht und man als Notfall ins Krankenhaus kommt! Ich will nichts Schlechtes sagen über die im Odenwald – aber die leben ja wirklich in den Tag hinein, der Fridolin mit seinem Gefidel und die Maria mit ihrer Klitsche von Bücherstube. Einfach tun und lassen was man will, einfach den Körper nicht zu seinem Recht kommen lassen! Aber so war das schon immer mit dem Fridolin, diesem Bruder Leichtfuß. Würd' mich auch gar nicht wundern, wenn er bei seinem Fuß sich nicht ein bisschen geschickt angestellt hätte, nur dass er von der Front wegkommt! Und die Kameraden für's Vaterland in der Pflicht gelassen!"

Das war nun der Martha doch zuviel: „Jetzt lass' aber bitte einmal die alten Geschichten. Schließlich ist der Krieg und das ganze Drumherum seit über fünfzig Jahren vorbei. Und Fridi hat sich trotz seinem verlorenen Bein ganz wacker durchs Leben geschlagen, war Lehrer g'rad so wie Du!"

„Lehrer schon, aber vergleichen lassen möcht' ich mich nicht unbedingt gern mit ihm! Engagierter Musiklehrer, das lass ich mir ja gefallen – aber seine Schrulligkeiten, in Erdkunde und sogar im Französischen die Kinder singen zu lassen! Also bitte, das ist ja dann wohl doch zu einseitig. Und da haben wir es wieder: einfach nur tun, wozu man Freude hat. Die Lücken in der Französischen Grammatik wird schon irgendwann ein Kollege wieder ausbügeln – oder man müsste halt die

Abiturprüfung auf französischen Gesang umstellen. Als ob man da als Direktor glücklich sein kann, wenn man so jemand im Kollegium hat!"

Jetzt wurde es der Martha endgültig zuviel; sie stand vom gemeinsamen Kaffeetisch auf. „Du hast wahrscheinlich wie immer Recht", sagte sie noch, „so vom Lehrplan aus gesehen ganz gewiss. Aber die Musik ist halt doch auch etwas Schönes und deswegen solltest Du nicht so über den Mann meiner Schwester herziehen!"

Und sie ließ Siegfried allein zurück mit Kaffeetasse, Brötchen und Morgenzeitung.

So oder so ähnlich, wenn auch meist nicht ganz so harsch, gab es in jenen Tagen noch manches Gespräch im schmucken Reihenhaus im Rheintal.

Nach und nach erwuchs Martha auch die Erkenntnis, die schon ihre Mutter erahnt hatte: Siegfried und Fridolin waren in manchem gar nicht so verschieden. Der eine fanatisch mit seinem Sport, der andere vernarrt in die Musik. Und dennoch war da ein nicht zu verleugnender Unterschied, denn ein jeder hatte aus dem Dilemma, dass sich Pflicht und Lust nicht deckten, eine andere Konsequenz gezogen. Siegfried war der offensichtlich Erfolgreichere; er war etwas geschickter oder vielleicht auch nur geschmeidiger, hatte der Karriere zuliebe den Sport aus dem beruflichen Fokus genommen und mehr ins Private übertragen - so ein bisschen nach dem guten alten soldatischen Motto: Dienst ist Dienst und Schnaps ist Schnaps. Aber ob ihm das so wirklich gut gelungen war? Da drängte sie sich wieder auf, die Bemerkung des jungen Lehrers aus

Siegfrieds Kollegium: „Der Chef verwaltet nur, er gestaltet nicht!" Das kam eben dabei heraus, wenn man, wie Siegfried, zugunsten der Karriere das Lieblingsfach Sport zurück stellte und - fast gar etwas unwillig - mehr Mathematik und Biologiestunden gab, nur um die Schulräte zu beeindrucken. Aber die anderen hatten es bemerkt, den anderen war die Lustlosigkeit aufgefallen — genauso wie die anderen bemerkt hatten, dass Fridolin genau umgekehrt auf Karriere und Meinung der Kollegen pfiff und lieber das mit seinen Schüler im Unterricht machte, was mehr Spaß machte. Oder was zumindest Fridolin mehr Spaß machte?

Warum konnte nicht der Siegfried ein Stück weit wie der Fridolin sein? Und der Fridolin vielleicht ein klein wenig wie der Siegfried? Aber was nützte all' das Jammern, Seufzen und Wünschen? Sie hatte nun einmal ihren Siegfried, sie hatte ihn ja auch gewollt.

Je länger diese Meinungsverschiedenheit schwelte und je öfter sie in Diskursen zwischen den Eheleuten zum Ausdruck kam, desto öfter neigte Martha um des lieben Friedens willen dazu, doch einzulenken: unvoreingenommen und realistisch betrachtet sei es vielleicht ein bisschen unangenehm, aber nicht wirklich schlimm, ein paar Untersuchungen machen zu lassen. Wenn nichts wäre, dann sei ja alles gut — und wenn doch etwas gefunden würde, na, dann wäre es vielleicht wirklich besser, kommendes Ungemach frühzeitig zu erkennen. Andererseits aber - so kam es Martha dann doch immer wieder kurz bevor sie einzulenken und nachzugeben gedachte in den Sinn - musste sie sich ja wirklich nicht alles von Siegfried vorschreiben oder sich gar von ihm gängeln lassen! War sie denn nicht selbst ein erwachsener Mensch mit freiem Willen?

So war die leidige Frage um Magen- und Darmspiegelung zu einem ganz anderen Problem angewachsen und längst war es eigentlich mehr der zwar späte, aber nun doch unbewusst begonnene Kampf Marthas um Selbstbestimmung.

***

Während Martha noch ihre inneren Kämpfe mit sich selbst ausfocht, war es zu ihrer Überraschung Siegfried, der einen Ausweg aus der verfahrenen Situation aufzeigte: Er schlug eines Abends schlichtweg vor, es sei ja nur vernünftig, eine zweite ärztliche Meinung einzuholen. Wenn schon trotz gut gemeinter Ratschläge von Seiten des Hausarztes und auch von ihm sich Martha nicht entschließen könne, Vorsorge zu treffen, so könne sie sich ja auf diesem Wege Gewissheit verschaffen. Er verspreche, in Zukunft nichts mehr zu sagen, wenn diese weitere ärztliche Meinung die Untersuchungen auch nicht für unbedingt erforderlich hielte; wenn aber eine weitere fachkundige Beurteilung zuriete, dann solle sich Martha bitte auch entschließen.

Ob denn dieser zweite Arzt auch Ruth sein dürfe, fragte Martha und sie begann zu hoffen, zu glauben, dass diese Geschichte gut ausgehen könne.

Siegfried runzelte kurz die Stirn, aber dann sagte er: „Wegen mir auch die Ruth, damit du siehst, dass ich zu meinem Wort stehe."

Da willigte Martha ein und rief bei nächster Gelegenheit voller Hoffnung ihre Nichte an - und erlebte eine herbe Enttäuschung, denn Ruths Urteil fiel anders aus als von ihr gedacht, als auf

Grund der Erfahrung mit der Krankheit ihrer Schwester als selbstverständlich erwartet!

Die Ruth sagte nämlich klipp und klar, sie würde jedem ihrer Patienten in ihrer Praxis auf jeden Fall auch zu diesen Untersuchungen raten. Das Risiko sei ja gering; ja wahrscheinlich sei das Risiko im Haushalt einen Unfall zu erleiden oder im Straßenverkehr zu verunglücken viel größer.

„Aber Deiner Mutter hast Du anders geraten", wand Martha noch ein.

„Eigentlich nicht", erwiderte Ruth. „Wenn Du Dich genau erinnerst, haben sowohl der Ulrich als auch ich zur Untersuchung geraten - nur ich war damals der Meinung, es würde auch ambulant gehen und wollt' der Mutter die Sorge um die Bücherstube nehmen. Das ist nicht gut, wenn man so etwas innerlich zerrissen angeht. Ich hab' mir halt gedacht, wenn sie die Sache mit der Bücherstube erst regelt, dann ist sie entspannter und auf drei, vier Tage Aufschub wäre es ja nicht angekommen. Aber jetzt fürcht' ich fast gar, der Uli hat doch recht behalten: auf die lange Bank geschoben hat ganz im Gegenteil die Angst bei meiner Mutter gefördert! Und wenn jemand wirklich Angst hat, dann soll man ihn nicht dazu zwingen."

„Und Du glaubst, dass ich keine Angst habe?"

„Das kann ich nicht endgültig beurteilen - aber eigentlich nicht. Du und der Onkel Siegfried, ihr seid doch beide etwas realistischer als meine Eltern. Also ihr seht das doch wahrscheinlich nicht so emotional, sondern mehr wissenschaftlich. Aber sicher, letztendlich musst Du das selbst entscheiden. Rein medizinisch kann ich Dir nur zuraten – die Sache mit Deinen Gefühlen, die musst Du selbst mit Dir ausmachen. Aber ich denke, Du brauchst wirklich keine Angst zu haben. Es ist harmlos und es ist in zwei, drei Tagen vorbei und ihr habt dann Gewissheit. Und da ist noch ein Punkt: der Onkel Siegfried, der hat Angst, dass Dir etwas passieren könnte. Das ist bei meinem Vater völlig anders. Und sei einmal ehrlich: nagt nicht bei Dir doch auch noch irgendwo ein klein bisschen die Angst, was wäre wenn?"

Wieder der Siegfried - als ob Siegfrieds Angst nun entscheidend wäre!

Martha hatte genug gehört; sie bedankte sich und brachte das Gespräch mit ein paar höflichen Sätzen zu sonstigen familiären Belanglosigkeiten zu Ende.

„Und?", fragte Siegfried gespannt.

„Medizinisch rät mir auch Ruth zu", gestand Martha zwar seufzend doch ehrlich ein, „also werd′ ich jetzt wohl müssen, auch wenn mir ehrlich gesagt nicht wohl dabei ist – und entspannt bin ich schon gleich gar nicht. Ich bin halt doch kein wissenschaftlicher Mensch!" Und im Stillen wunderte sich Martha, wie denn Ruth nur so etwas von ihr glauben könne!

Der letzte gesprochene Satz verwunderte Siegfried - er verstand ihn nicht. Aber immerhin ahnte er, dass Martha im Moment recht unwohl war und er wusste immerhin, was man in so einer Situation zu tun sei: also nahm er seine Martha in den Arm und meinte tröstend: „Du wirst sehen, es ist überhaupt nicht schlimm. Und hinterher fahren wir eine Woche irgendwohin - und das suchst ganz alleine Du aus!"

***

So also wurde die Martha entschlossen; und pflichtgemäß informierte sie ihren Hausarzt: aber es solle nun, wenn schon denn schon, möglichst rasch und schnell gehen, so am liebsten alles auf einmal, so mit einmal Narkose.

Wenn das gewünscht sei, so meinte daraufhin der Arzt, dann sei es vielleicht bei ihr und ihrem Alter doch am Besten, für zwei Tage in die Klinik zu gehen.

In die Klinik zu gehen - das fand Maria nun auf einmal gar nicht schlecht: Dann musste der Siegfried zwei Tage nach sich selber schauen! Sie wusste ja, wie ungern er das machte und wie ungeschickt er sich dabei anstellte. Wahrscheinlich würde er ja zum Essen einfach in ein Gasthaus gehen - aber dennoch: da musste er nun schon durch.

Und getröstet von diesen kleinen Rachegedanken packte Maria ihre Tasche. Morgen früh sollte sie sich in der Klinik melden, am Nachmittag würde die Darmentleerung eingeleitet; tags darauf wären dann die Untersuchungen und am dritten Tag käme sie wieder nach Hause.

Am Abend zuvor telefonierte sie noch einmal ausgiebig mit Maria.

„Ich bewunder' Dich, dass Du freiwillig ins Krankenhaus gehst", sagte ihre Schwester und fügte wie damals, als sie selbst in der

Klinik war, hinzu: „Ich hab' immer Angst, dass ich verrückt werd', wenn ich so da drinnen liege."

„Ach weißt Du", sagte nun die Maria, „es ist nun einmal so, dass der Siegfried es unbedingt will und mein Hausarzt und sogar die Ruth mir zugeraten haben. Und Bücherstube habe ich ja auch keine, um die ich mich kümmern müsste."

„Aber um den Siegfried", gab Maria zu bedenken, „um den Siegfried müsstest Du Dich kümmern. Du weißt ja, der lässt sogar das Kaffeewasser anbrennen!"

„Das ist es ja gerade", erwiderte Martha, „da muss er jetzt selber durch. Der kam doch zuerst sogar auf die Idee, unsere Tochter zu fragen, ob sie nicht nach ihm schauen könne."

„Da ist er bei Beate wohl aber an die Richtige gekommen!"

„Und wie", lachte Martha, „die hat ihm doch glatt gesagt: 'Du schaffst das schon allein, so sportlich wie Du bist.' Du weißt ja, seitdem die Beate aus Amerika zurück ist, können die beiden nicht mehr so richtig miteinander."

„Ja, ja, der american way of life - und dann noch kein Sportfan. Die beiden haben sich irgendwie auseinander gelebt."

„Leider ja - aber ich denke, es ist besser so. Die Beate geht ihren Weg und der Siegfried den seinen. Nur ich, ich glaub', ich bin zu alt, um aus dem eingefahrenen Gleis noch herauszukommen."

Sollte Maria jetzt ihre Schwester bedauern? Wie war das doch vor vielen Jahren gewesen: zwar war der Siegfried auf's Rad gestiegen und nach Eberbach gefahren. Aber abgewiesen, abgewiesen hatte die Martha den Siegfried auch nicht. „Gehst Du nicht mit meiner Schwester?" - warum hatte die Martha das damals den Siegfried nicht gefragt?

Und wenn die Maria inzwischen auch manchmal froh gewesen war, dass diese Frage nie ausgesprochen wurde, so war es andererseits auch nicht immer einfach, nun die Frau von einem liebenswürdigen Kauz zu sein; denn mehr Ansehen und Ehre in der Gesellschaft hatten wohl schon der Schwager und die Schwester, die nun an ihrer Stelle stand.

Aber es war nun wohl nicht der Moment, doch noch bitter zu werden über diese alte Geschichte; jetzt schon gar nicht, wo doch die Martha morgen ins Krankenhaus ging. Und so wechselte Maria das Thema, sprach noch über dieses und jenes und wünschte am Ende des Gesprächs nochmals alles Gute.

Und dann kam alles anders, als es der Siegfried, die Ruth und wohl auch die Martha erwartet hatten.

Zunächst war alles noch harmlos. Als Martha in ihrem Zimmer angekommen, da verzögerte sich zwar ihre Behandlung und schließlich musste ihr eine Krankenschwester gestehen, dass der Termin nicht zu halten sei. Es täte ihr furchtbar leid, aber krankheitsbedingt - erfreulicherweise habe man ja noch nicht mit dem Abführen begonnen, sodass Martha noch einmal nach Hause könne, wenn sie das wolle.

Nein, das wollte nun Martha eigentlich nicht mehr; sie hatte sich ja nun einmal aufgemacht, diesen Weg zu gehen und ob sie das noch einmal schaffen würde, das wusste sie nicht so recht. Und so fragte sie unsicher: wenn sie nun nach Hause ginge, ob sie dann gleich morgen früh wieder kommen solle?

Nein besser erst einmal anrufen - bei ihr wäre es ja nicht akut, da könne man ja vielleicht auch um zwei oder drei Tage schieben.

Und wenn sie nun bliebe?

Nun, dann wäre sie ja nach wie vor eine aufgenommene Patientin, dann ginge es der Reihe nach.

Und war da nicht auch dieser kleine Rachegedanke? Dem Siegfried würde das ganz recht geschehen! Und wenn es jetzt noch ein Tag länger wäre, dass er alleine und auf sich selbst gestellt sei, dann wäre das gar nicht einmal verkehrt!

So entschloss sich Martha, zu bleiben, auch wenn es denen im Krankenhaus wohl anders lieber gewesen wäre. Aber die nochmalige Frage, ob Martha wirklich bleiben wolle, beantwortete diese mit der überzeugenden Auskunft, ihre Schwester habe auch einmal einen Krankenhausaufenthalt abgebrochen und habe bis heute nicht wieder die Kraft gefunden, die Untersuchung machen zu lassen.

Und so überbrückte Martha einen Tag mit Lesen, Fernsehschauen und Spazierengehen und fühlte sich anfangs ganz wohl dabei: man brachte ihr das Essen, man räumte das schmutzige Geschirr wieder ab. Martha genoss es, sich einmal um nichts zu kümmern zu müssen und sich einfach dem Gefühl hingeben zu können, dass Siegfried jetzt selbst über die Runden kommen müsse.

Der schaute am Abend zu einem ersten Besuch vorbei und war bass erstaunt, dass Maria in Straßenkleidung auf einem Besucherstuhl saß. Ja ob denn nicht?

„Nein, verschoben."

Martha bemerkte mit Genuss, wie ihm das sauer aufstieß.

Er ging zur Stationsschwester und wollte sich vergewissern, dass es nun am nächsten Tag weitergehe, und er verlangte, auf der Stelle einen Arzt zu sprechen. Doch die Dienst habende Schwester war eine erfahrene Kraft und die ließ Siegfried prompt abblitzen: Es sei ja nun schon Abend und seine Frau alles andere als akut und da könne er nun wirklich nicht darauf bestehen, jetzt sofort mit einem Arzt zu sprechen. Und außerdem werde seine Frau schon am nächsten Tag an die Reihe kommen, man bekäme ja sonst vielleicht noch am Ende Ärger mit der Krankenkasse.

Siegfried kehrte frustriert zu Martha zurück: unmögliche Zustände seien das ja hier, sie solle nur sehen, dass sie am nächsten Tag an die Reihe käme. Und er schaffte es tatsächlich, dass die gute Martha nun ein klein bisschen ein schlechtes Gewissen bekam, und vergällte ihr so die Freude an ihrer heimlichen Rache.

Die Nacht war dann auch unbequem, denn Martha lag mit einer anderen Kranken im Zimmer, die eine sehr ungute Nacht hatte.

Am nächsten Morgen bereute Martha ihren Entschluss zu bleiben - allmählich wurde es langweilig und Zeit hatte auch niemand für sie. Der Grundtenor war: wir tun alles, dass sie möglichst schnell an die Reihe kommen, aber es war Ihr Entschluss, zu bleiben. Und so war Martha richtig froh, als am Nachmittag dann wirklich mit den Vorbereitungen begonnen wurde.

Und es folgte wieder ein trister Besuch von Siegfried und eine unruhige Nacht mit der Zimmergenossin. Am nächsten Morgen fühlte sich Martha wie in einer verkehrten Welt. Sie bereute es nun, hierher gekommen zu sein.

Doch die Dinge nahmen nun ihren Lauf: Sie wurde gebeten, selbst zum Untersuchungszimmer zu gehen - ob sie das denn schaffe? Es habe gerade leider niemand Zeit.

Nur die Untersuchung, und das möglichst schnell!

Geleitet von diesem inzwischen verzweifelten Wunsch machte sich Martha mit ihren Papieren in der Hand auf den Weg. Und sie verlief sich. Musste nachfragen — kam erneut an einer falschen Stelle an. Bekam endlich, bereits den Tränen nahe, einen Zivildienstleistenden als Begleiter, der sie sicher zum richtigen Behandlungszimmer brachte.

„Ja wo bleiben Sie denn?", wurde gefragt.

Es täte ihr ja leid, antwortete Martha, schon wieder den Tränen nahe, sie habe sich verlaufen.

Na, das sei ja auch nicht so schlimm, warf eine andere Krankenschwester ein, aber jetzt müsse sie hier ein wenig warten. Man habe einen anderen Patienten jetzt eben vorgezogen, heute müsse es schon schnell gehen.

Und man setzte Martha auf einen Stuhl. Ihr war kalt, eigentlich musste sie noch einmal auf die Toilette - aber sie traute sich nicht mehr, bevor nochmals jemand anders vor ihr an die Reihe kam! Irgendwann bemerkte jemand, dass sie fröstelte und organisierte ihr eine Wolldecke. Jetzt fror sie wenigstens nicht mehr.

Das war dann aber auch so das letzte, an was sie sich später, wenn sie von diesem Tag erzählte, erinnern konnte.

Irgendwann war sie dann wohl doch noch untersucht worden, aber als Siegfried sie am späten Nachmittag besuchen wollte, da hieß es, seine Frau sei sicherheitshalber für eine Nacht auf der Intensivstation.

„Warum denn das?", entfuhr es dem armen Siegfried erschrocken.

Das sei eine reine Vorsichtsmaßnahme, wurde ihm erklärt, denn seine Frau sei recht schwer aus der Narkose erwacht und dämmere auch jetzt noch meist vor sich hin; da wolle man aber nun auch nicht das kleinste Risiko eingehen und überwache die Patientin eben etwas sorgfältiger als sonst üblich; und das ginge eben am besten auf der Intensivstation.

Ob er seine Frau denn sehen könne, stotterte der bleiche Siegfried.

Gewiss dürfe er das, wenn er das wünsche. Aber vielleicht sei es besser, wenn er bis zum nächsten Morgen warte, dann sei seine Frau bestimmt auch wieder ansprechbar.

Ja, und was habe denn nun die Untersuchung ergeben?

Nun, das Ergebnis läge jetzt gerade hier nicht vor; aber morgen, morgen könne er auch diese Auskunft haben. Er solle sich nun keine Sorgen machen, morgen sähe alles schon wieder ganz anders aus; er solle nun nach Hause gehen und den Abend mit einem lieben Menschen verbringen.

Nein, nach Hause wolle er nicht, da sei ja eh' niemand, der mit ihm den Abend verbrächte; er wolle jetzt bitte seine Frau sehen.

Es wurde leicht geseufzt. Dann rief man auf der Intensivstation an und wies ihm den Weg. Dort bekam er einen blauen Mantel und Überschuhe und die Ermutigung, er solle sich das nicht zu sehr zu Herzen nehmen, mit fast hundertprozentiger Sicherheit habe seine Frau nur sensibel auf die Narkose reagiert.

Und dann sah er sie: bleich, mit spitzer Nase, die Augen geschlossen lag sie in den Kissen.

Er sprach sie mit ihrem Vornamen an, doch sie reagierte nicht. Er nahm ihre Hand, die schlaff und welk auf der Bettdecke lag und Marthas Körper ließ es geschehen.

Er setzte sich auf einen Stuhl, den man brachte, neben sie und hielt ihre Hand.

„Nur ein paar Minuten bitte", wurde ihm gesagt.

So saß er, kämpfte mit den Tränen, und schaute seine Frau an.

Er saß länger als ein paar Minuten und irgendwann lohnte sich das Warten: Martha öffnete die Augen, bemerkte offensichtlich, dass jemand ihre Hand hielt und wandte ihm den Kopf zu. Ein Leuchten kam in ihre Augen. „Papa", sagte sie, „Du hier! Endlich bist Du wieder da! Dann können wir ja den Puppen dieses Jahr zu Weihnachten eine Bücherstube einrichten." Und Martha lächelte glücklich und sah ihm in die Augen.

Da war es um seine Fassung und um seine Haltung geschehen und er ließ seinen Tränen freien Lauf. Ein Pfleger, der nun auf ihn aufmerksam wurde, kam herbei, nahm ihm Marthas Hand aus der seinen und legte sie auf die Bettdecke zurück. Dann legte er seine Hand auf Siegfrieds Schulter und schlug vor: „Geben Sie Ihrer Frau zum Abschied einen Kuss – und dann gehen Sie bitte; sie sehen doch, es hilft jetzt nicht viel, hier zu sitzen. Aber morgen, morgen wenn die Verwirrung nachgelassen hat, da ist es wichtig, wenn sie wieder da, wenn Sie wieder bei ihrer Frau sind."

„Kann ich denn nicht hier bleiben?"

„Aber nein - das geht in dem Fall nicht."

„Aber wenn", begann Siegfried noch einmal.

„Sie brauchen kein ʻaber wennʼ zu denken. Ihrer Frau geht es körperlich sehr gut und das andere renkt sich in ein bis zwei Tagen wieder ein. Bei einem Angehörigen braucht man nur die ganze Nacht zu bleiben, wenn man das Schlimmste befürchten muss. Aber davon ist Ihre Frau ganz weit weg."

„Das haben sie uns im Krieg auch immer gesagt, wenn wir die Kameraden im Lazarett besucht haben."

„Aber wir sind hier Gott sei Dank nicht im Krieg."

Und mit diesen Worten fasste der Pfleger Siegfried sanft unter dem Ellenbogen und drückte ihn in die Höhe und Siegfried ließ es geschehen.

***

An diesem Abend war es an Siegfried, zu telefonieren. Er rief im Odenwald an. Martha sei im Krankenhaus.

Nun, das wisse man ja; ob denn alles gut gegangen sei?

„Eben nicht!"

Um Himmels willen - was sei denn geschehen? Ein schlimmer Befund?

Und Siegfried berichtete, dass er darüber noch gar nichts wisse, aber dass Martha nicht mehr ansprechbar sei.

Ja, was die denn im Krankenhaus sagen würden?

Und Siegfried erzählte wieder.

Nun ja, das stimme dann ja wahrscheinlich auch alles, bekam Siegfried zur Antwort. Er solle sich ein Beispiel an Maria nehmen; der ginge es jetzt wieder ganz passabel und wie verzweifelt sei auch Fridolin an dem einem Abend gewesen - bei den schlechten Blutwerten.

Fridolin ist auch ein Waschlappen, dachte Siegfried, bei Maria konnte man mit Bluttransfusionen helfen – aber bei seiner Martha!

Doch er sagte nichts in der Art. Er entschuldigte sich nur damit, dass er jetzt Beate anrufen müsse und legte auf.

Das Gespräch mit Beate verlief fast wie immer, wenn er mit ihr telefonierte. Er verstand sich nicht mehr richtig mit seiner Tochter, denn sie sah noch immer nicht ein, wie töricht es war, während Amerika ihre ganze Tenniskarriere zu versaubeuteln. Wie konnte man nur bei ihrem Talent immer behaupten, es gäbe Wichtigeres im Leben? Jetzt saß sie da mit ihren vier Kindern und einem Mann, der fast jeden Abend erst spät aus seiner Bank in der Frankfurter City zurückkam. Wenn es denn überhaupt stimmte, dass er so oft bis spät abends in der Bank sei! Aber Artur sagte immer, er müsse schon was im Beruf leisten, für nichts bekomme man auch bei einer Bank kein gutes Gehalt, auch wenn das manche so dächten. Und ein gutes Einkommen, das brauche er ja wohl schon für seine fünf Lieben!

Und Beate war immer so kurz angebunden - sogar an diesem Abend. Sie werde morgen schauen, dass sie die Kleinen unterbringe und die Mutter besuche, so ihre ganze Reaktion. Keine Silbe darüber, wie es denn ihm, ihrem Vater, gehe.

Seinen Juristensohn erreichte er schon gar nicht – es blieb ihm nichts anderes übrig, als auf den Anrufbeantworter zu sprechen.

Inzwischen diskutierte man im Odenwald, ob man Siegfried nochmals zurückrufen solle. Man hatte mit Ruth telefoniert und da war es zum ersten Mal gefallen, das schlimme Wort Krankenhauspsychose.

„O Gott, wenn ich gewusst hätte, dass Tante Martha zu so etwas neigt", hatte Ruth gesagt, „dann hätte ich ihr anders raten müssen. Aber die Tante war ja immer so gesund und nie im Krankenhaus - wie hätt' ich darauf kommen sollen?"

„Na, ich sag' doch auch immer, ich werd' noch verrückt, wenn ich in einer Klinik liege", erwiderte ihr Maria.

„Du willst mir doch jetzt bitte nicht vorwerfen, dass ich diesen Äußerungen von Dir Ernsthaftigkeit zumessen müsste", hatte Ruth geantwortet.

„Natürlich nicht", hatte Maria eingelenkt, denn an Streit war ihr nicht gelegen. Mit Fridolin kam sie auch immer ohne Streit aus.

Dann hatte sie mit Fridolin diskutiert, ob man Siegfried das mit der Krankenhauspsychose gleich sagen solle.

„Ich weiß nicht", hatte Fridolin in seiner unbestimmten Art geantwortet, „ob das sinnvoll ist. Ist es keine Psychose sondern harmlos, dann machen wir den Siegfried nur verrückt. Du weißt doch, wie ernst er immer alles nimmt. Und ist es doch eine Psychose, nun, dann erfährt er es auch noch früh genug."

Dem war eindeutig nicht zu widersprechen. Und nach demselben Prinzip wurde im Odenwald beschlossen, zunächst einmal weitere Nachrichten abzuwarten, bevor man über einen Besuch nachdenke.

***

Am nächsten Tag ging Siegfried mit gemischten Gefühlen ins Krankenhaus; er wertete es als gutes Zeichen, dass Martha wieder auf der normalen Station sei. Und als er ins Zimmer kam, wurde er auch sogleich von Martha erkannt: „Kommst Du endlich und holst mich ab?"

„Ja, darfst Du denn nach Hause?"

„Ich habe schon meine Taschen gepackt!"

Da kam eine Krankenschwester und mit ihr auch Beate ins Zimmer. „Es tut mir Leid, dass ich Sie nicht schon beim Hereinkommen bemerkt habe", sagte die Schwester zu Siegfried. „Wir müssen mit Ihnen sprechen. Der Oberarzt wird, sobald er kann, zu Ihnen kommen."

„Aber ich hab' doch schon meine Tasche gepackt", unterstrich Martha ihren Wunsch.

„Immer packt Ihre Frau die Tasche", sagte die Schwester, „obwohl ich ihr schon wiederholt gesagt habe, dass sie leider noch nicht nach Hause darf. Das Waschzeug musste ich schon wieder auspacken."

Martha setzte sich auf: „Siegfried, wir haben gesagt, die zwei Untersuchungen, und dann ist gut."

Die Schwester ging ans Bett: „Jetzt legen Sie sich aber bitte wieder hin, Frau Fischer", sagte sie entschieden. „Es tut mir wirklich leid, aber heute nach Hause zu gehen ist sehr unvernünftig."

„Wie sprechen Sie denn mit meiner Mutter", mischte sich Beate ein. Sie ging ebenfalls zum Bett und nahm ihre Mutter in den Arm. „Natürlich darfst Du nach Hause, wenn die

Untersuchungen abgeschlossen sind. Ich sprech′ gleich mit dem Oberarzt, der wird uns Recht geben.“

„Du wirst gar nichts mehr tun“, fuhr Martha sie an. „Du warst mir keine gute Ratgeberin, Ruth.“

Siegfried schaute irritiert zu Martha: „Aber das ist doch Beate!“

„Harmlos ist der Eingriff, hast Du gesagt. Und jetzt lassen sie mich nicht nach Hause! Dich frage ich nie mehr!“ Und Martha wollte wieder aufstehen.

Verzweifelt blickte Siegfried zur Krankenschwester. Die sandte einen Blick zur Zimmerdecke: „Ihre Frau ist noch ein bisschen verwirrt. Aber das gibt sich noch. Allerdings wird Ihnen der Oberarzt wohl davon abraten müssen, Ihre Frau mit nach Hause zu nehmen. Oder können Sie sich fachkundig um sie kümmern?“

Siegfried blickte entsetzt - zur Krankenschwester, auf Martha, zu Beate; dann sagte er: „Morgen, Martha, mein Schatz, morgen, vielleicht morgen hole ich Dich ab.“

Martha stammelte: „Morgen - erst morgen? Nein lieber heute! Die Maria ist doch auch nicht da, sie ist doch so alleine. Ach, hätt′ ich doch nicht all′ die Kirschen mitsamt den Steinen gegessen!“

„Was hast Du getan?“ Beate fragte verwirrt zurück. „Du hast alle Kirschen mitsamt den Steinen gegessen? Aber wann denn — und wozu?“

„Wegen dem Blinddarm - dass ich endlich zur Maria ins Krankenhaus komm′. Aber es hilft ja alles nichts, jetzt soll ich hier bleiben.“

Siegfried blickte noch immer in der Runde herum; hilflos irrte sein Blick von der einen zur anderen – gerade so, als ob er jede fragen wollte, was er denn nun tun solle.

„Haben Sie nur etwas Geduld", wagte die Schwester eine Antwort, „so etwas legt sich meist wieder."

„Und wie lange dauert das?"

„Das kommt ganz auf den Patienten an - mal länger, mal kürzer."

„Was soll das heißen - mal länger, mal kürzer?"

„Nun das fragen Sie am besten den Oberarzt. Im Moment sind wir ganz froh, dass wir ohne eine Fixierung auskommen; aber wenn Frau Fischer weiter unvernünftige Dinge macht, denn kann ich nur hoffen, dass wir es dabei belassen können."

„Und was soll das bitte nun wieder heißen?" Wieder mischte sich Beate ein. „Wollen Sie meine Mutter etwa anbinden?"

„Ich möchte gar nichts." Die Schwester wurde vorsichtig. „Ich gehe hier nur meinen Weisungen nach, und dafür sollten Sie bitte Verständnis haben. Alles weitere, wie gesagt: vom Oberarzt. Und bis der kommt könnten Sie uns bitte helfen, indem Sie die Patientin dazu bringen, wenigstens noch ein bisschen mehr von ihrem Frühstück zu essen."

Und die Schwester drehte sich um und ging.

Auch Siegfried wollte zur Tür - doch Beate protestierte: „Wo willst Du denn hin?"

„Den Oberarzt suchen", erwiderte Siegfried.

„So haben wir aber nicht gewettet", hielt die Tochter dagegen. „Der wird sich schon melden. Jetzt bleib´ mal schön da und hilf´ Mutti frühstücken."

„Was soll ich?" Ungläubig schaute Siegfried zu seiner Tochter. „Du weißt doch, bei so etwas bin ich nicht gut - kannst Du nicht bitte?"

„Ich kann schon — aber nicht immer! Vergiss´ bitte nicht, dass ich vier kleine Kinder habe. Also da musst Du nun schon selbst Deinen Beitrag leisten. Bist ja noch ganz fit, gehst ja noch Schwimmen, Tennis Spielen und Radfahren, auch wenn Dich vielleicht ab und an das eine oder andere Zipperlein plagt. Aber wie hast Du immer gesagt: `Stellt Euch nicht so an, für einen gesunden Körper muss man etwas tun´. Also, tu etwas für den gesunden Körper Deiner Frau!"

Und Beate stand von der Bettkante auf und wies mit dem Finger auf den frei gewordenen Platz.

Da grapschte Martha nach ihrer Bluse und versuchte sie fest zu halten: „Jetzt sei mir nicht böse, Ruth, ich hab es ja nicht so gemeint. Aber lass´ mich nicht mit dem allein - der hat gesagt, nur die zwei Untersuchungen und dann darf ich nach Hause. Und jetzt, jetzt, hält er sich nicht daran." Und bei diesen Worten überfiel ein Weinkrampf die alte verwirrte Frau.

Beate setzte sich wieder, umarmte den Oberkörper ihrer Mutter, zog sie zu sich her und drückte sie gegen die eigene Brust. Dann begann sie, ihre Mutter sanft zu wiegen. „Laß´ man gut sein, Tante Martha", sagte sie sanft und leise, „das ist doch nicht so schlimm. Hier hast Du es doch gut, bekommst Dein Essen, hast saubere Wäsche, kannst Dich ausruhen und brauchst nicht immer hinter dem Siegfried herlaufen."

Da drückte sich Martha von ihrer Tochter ab: „Der Siegfried, der war ein toller Mann. Warum hat er denn bloß die Maria nicht geheiratet? Hätt' halt nicht immer auf den Fridolin schimpfen sollen, hätt' lieber aufpassen sollen, dass der Fridolin sie ihm nicht wegnimmt."

Beate langte hinüber zum Tablett und holte eine angebissene und flüchtig nur mit Butter bestrichene Semmelhälfte.

„Schau Tante Martha", sagte sie, „das ist doch besser als all' die Kirschen mit den Steinen."

Und Martha biss ab und schaute für einen Moment zufrieden drein. Aber noch während dem Kauen begann sie zu sprechen: „Aber Kirschmarmelade muss schon d'rauf!" Und dabei kam ihr wohl ein Bröselchen in den falschen Hals und sie begann, heftig zu husten. Beate begann ihrer Mutter rasch sanft auf den Rücken zu klopfen und das half auch. Allerdings war gerade in dem Moment - gefolgt von zwei Schwestern - ein schlanker grauhaariger Herr mit glatt rasiertem Gesicht und kleiner eckiger Brille in den Raum gekommen.

Der Herr schaute über den oberen Brillenrand hinweg auf seine Patientin und die Tochter, die noch den Rest der Brötchenhälfte in der Hand hielt. Dann drehte er sich um und fragte die Schwestern: „Hat die Patientin nicht heute morgen auch schon so beim Essen gehustet?"

„Ja schon, aber ich denke, Frau Fischer ist halt vom Liegen verschleimt", erhielt er als Antwort.

Der grauhaarige Herr kehrte sich um und meinte nur kurz und bündig: „Mag sein, mag auch nicht sein. Muss untersucht werden. Eisenmangel kann die Schleimhaut schrumpfen lassen."

Dann drehte er sich wieder um und stellte sich als Oberarzt Dr. Bergner vor. „Und Sie sind Ehemann und Tochter der Patientin? Wer kommt kurz mit mir auf den Flur - Sie beide?"

„Ich komm´ gleich wieder, Tante Martha", wandte sich Beate an ihre Mutter, „dann frühstücken wir weiter."

„Du kannst ruhig gehen, hab´ eh keinen Hunger", erhielt sie zur Antwort.

„Du kannst ruhig bleiben", wurde ihr von Siegfried entgegen gehalten. „Mit dem Herrn Oberarzt komme ich schon alleine klar."

„Vielleicht werden sich die Herrschaften rasch einig", mahnte Dr. Bergner, „es ist viel los, zwei Kollegen sind noch immer krank und meine Zeit daher leider sehr begrenzt."

Beate ignorierte Siegfried einfach, ging zur Tür und hielt sie Dr. Bergner auf: „Ich komme mit. Wenn mein Vater erwartet, dass ihm in nächster Zeit geholfen wird, dann will ich informiert sein."

Siegfried sagte nichts mehr; er hatte bereits in den letzten Jahren lernen müssen, dass seine Tochter konsequent war.

„Es tut mir sehr leid", begann auf dem sonst leeren Flur Dr. Bergner ohne weitere Umschweife seine Erklärung, „aber wir dachten zuerst, Ihre Frau beziehungsweise Mutter habe nur sehr sensibel auf das Betäubungsmittel reagiert. Das kommt leider vereinzelt vor und wenn man das im Vorfeld weiß, dosiert man natürlich gleich niedriger. Aber Ihre Frau ist ja sonst ein gesunder Mensch, wir hatten also daher keinen Hinweis auf solche Empfindlichkeiten. Aber wie es sich nun in den letzten Stunden zu meinem Bedauern gezeigt hat, ist das offensichtlich gar nicht die Ursache; vielmehr müssen wir eine Krankenhaus-psychose annehmen."

„Und das heißt?", fiel ihm Beate ins Wort.

„Nun, in den allermeisten Fällen nichts allzu Schlimmes, das legt sich in aller Regel wieder."

„Und bis wann?", wollte Siegfried sofort wissen.

„Nun, ich bin kein Hellseher, das kann Stunden oder Tage dauern, schlimmstenfalls Wochen. Aber dann kann man mit Reha-Maßnahmen unterstützen und den Wiederaufbau der Betroffenen beschleunigen."

Siegfried schien in sich zusammen zu sacken. Doch Beate hakte nach: „Sie haben doch gerade eben noch gesagt, dass meine Mutter ja sonst ein gesunder Mensch sei. Woher kommt dann diese Psychose?"

„Meist tritt sie bei älteren Menschen auf, die mit der Umstellung ihrer Lebenssituation überfordert sind - und eine solche Umstellung ist nun mal eine Einweisung ins Krankenhaus."

„So etwas kenne ich aus dem Krieg. Die neuen Rekruten, wenn die zum ersten Mal im Trommelfeuer lagen, selbst im sicheren Bunker...."

Siegfried hatte ein ihm vertrautes Thema gefunden, doch Beate unterbrach ihn barsch: „Das interessiert jetzt hier überhaupt nicht!"

„Aber" wollte Siegfried erneut anheben.

„Und außerdem ist der Krieg vorbei. Gott sei Dank haben wir schon seit Jahren keinen Krieg mehr, zumindest wir Deutschen mit anderen Völkern", fuhr Beate ihrem Vater erneut über den Mund und wandte sich wieder an Dr. Bergner: „Darf ich Ihre Aussage, dass meine Mutter sonst gesund ist, auch so deuten, dass bei den Spiegelungen keine Geschwulst gefunden wurde."

„Dürfen Sie", antwortete Dr. Bergner knapp. „Aber bewerten Sie das als nicht zu positiv. Denn der chronische Eisenmangel ist somit noch immer nicht geklärt. Und zudem gefällt es mir gar nicht, dass Frau Fischer so hustet. Wir sollten den Kehlkopf untersuchen, manchmal lässt ja Eisenmangel die Schleimhaut schrumpfen und das kann zu häufigem Verschlucken führen."

„Meine Güte, man verschluckt sich doch schon einmal. Das passiert mir auch mal und meinen Kindern. Aber wenn ich so darüber nachdenke, bei meiner Mutter ist mir noch nie aufgefallen, dass sie sich überhaupt und schon gar nicht häufig verschluckt. Also vielleicht muss man es ja auch nicht übertreiben."

„Nehmen Sie das mal nicht gar zu leicht. Beim heutigen Kostendruck sparen wir Ärzte schon auch gerne ein und vermeiden überflüssige Untersuchungen. Aber im Falle Ihrer Frau Mutter würde ich eine Abklärung empfehlen. Denn wenn feste Nahrung in die Lunge gerät, kann es durchaus zu Lungenentzündungen kommen. Ich denke sogar, es ist das Beste, Ihre Mutter wird künstlich ernährt, bis das eindeutig geklärt ist."

„Muss das sein?" Beate war unsicher.

Dr. Bergner schaute auf die Uhr: „Die Patientin selbst kann natürlich jede Untersuchung ablehnen. Aber Sie wissen ja selbst, auf welch´ unsicheres Feld wir uns da begeben. Also haben wir Geduld, die Kehlkopfuntersuchung können wir in ein bis zwei Tagen durchführen - und solange, denke ich, sollten Sie Ihre Frau beziehungsweise Mutter sinnvollerweise hier lassen. Oder sind Sie darauf vorbereitet, eine Verwirrte korrekt betreuen zu können?"

Zum ersten Mal an diesem Tag schauten sich Vater und Tochter in die Augen.

„So gesehen haben Sie natürlich Recht", gestand Beate ein. „Aber ich leide schon auch mit meiner Mutter, wenn Sie hier bleiben muss."

Dr. Bergner legte seine Hand auf ihren Arm: „Versteh´ ich doch - ist ja auch schön, wenn es Angehörige gibt, die mitfühlen. Aber glauben Sie mir, ich hab´ da so meine Erfahrungen: im Moment ist es besser, Ihre Mutter bleibt, so hart es ist, die nächsten Tage noch bei uns. Doch jetzt entschuldigen Sie mich bitte" - und der erfahrene Oberarzt blickte auf seine Armbanduhr - „ich muss zu anderen Patienten."

Vater und Tochter kehrten ins Krankenzimmer zurück und fanden Martha mit geschlossenen Augen. Beate ging zu ihr, fasste sie leicht an der Schulter und sagte leise „Mama" - und nochmals: „Mama, bist Du wach?"

Da öffnete die Kranke die Augen. „Beate - schön, dass Du da bist. Ist das schön, dass mich jemand besuchen kommt!"

„Du, Mutti, das ist jetzt schade, ich muss jetzt gleich gehen - wegen der Kinder, weißt Du. Ich komme wieder, sobald ich kann."

„Ach ja die Kinder...", sagte Martha und in Siegfrieds Zügen glätteten sich die Stirnfalten ein wenig. „Hast Du nun vier oder fünf?"

Da begann es Siegfried zu grausen, doch Beate sagte lachend: „Vier, Mama, immer noch vier. Soll ich sie von ihrer Omi grüßen?"

„Tu' das", sagte die Martha, „und grüß auch den Ulrich."

„Den Artur meinst Du, mein Mann heißt Artur. Der Ulrich ist der Mann von der Ruth."

„Von der Ruth?", kam es zögerlich vom Krankenbett.

„Ja, von der Ruth", antwortete Beate, „aber ich muss jetzt wirklich." Und Beate gab ihrer Mutter einen Kuss auf die Stirn: „Bis heute Abend."

Sie ging zur Tür und auf den Flur und Siegfried folgte ihr.

„Du kannst natürlich gehen, wann Du willst", sagte Beate, „aber wenn Du wirklich jetzt schon gehst, dann verabschiede Dich doch bitte ordentlich. Das da drin ist nämlich Deine Frau."

Und damit ließ Beate ihren Vater mit einem „Aber Beate" auf den Lippen stehen.

Der überlegte, kam dann zu dem Schluss, dass vielleicht auch unsportliche Menschen einmal Recht haben könnten, und ging zurück ins Zimmer. Martha hatte wieder die Augen geschlossen.

Was hatte Beate jetzt getan? Ja richtig! Er ging also zu Martha, fasste sie sanft an der Schulter und sagte leise: „Martha." Doch Martha hielt die Augen geschlossen.

Er rief nochmals etwas lauter „Martha", dann rüttelte er leicht an der Schulter und sagte laut und deutlich: „Martha".

Doch Martha atmete nur ruhig vor sich hin, aber reagierte nicht mehr. Da ging Siegfried zur Fensterbank, wartete fünf Minuten und ging wieder zur Martha. Doch Martha schlief weiter.

Siegfried wurde es unheimlich. Er hatte alles aus seinem Biologiestudium vergessen und eilte auf den Flur, sah ein Schild Schwesternzimmer und eilte dorthin.

„Meine Frau reagiert nicht mehr", schrie er fast gar ins Schwesternzimmer hinein.

Die Schwester schaute ihm ins Gesicht, warf den Stift auf die Karteikarte, die sie gerade ausfüllte, und lief zu Marthas Zimmer. Kaum dass sie im Zimmer war, kam sie wieder heraus und zu Siegfried zurück.

„Aber Herr Fischer", sagte sie klar und deutlich, als sie wieder ins Schwesternzimmer kam, „Ihre Frau schläft doch nur. Sie brauchen jetzt einfach Geduld. Und bitte: versuchen Sie einen klaren Kopf zu behalten - wir haben schon Arbeit und Stress genug." Damit nahm sie ihren Stift und begann, wieder ihre Karteikarte auszufüllen. Siegfried indes stand noch ein paar Minuten wie gelähmt einfach da - dann ging er nach Hause.

***

Zu Hause angekommen war er völlig außer der Spur. Er hatte mit allem gerechnet, aber nicht mit so etwas. Er hatte vieles gelernt in seinem Leben: wie man eine Truppe führt, wie man Sportstunden leitet, wie man eine Mathematikschulaufgabe stellt - aber niemand hatte ihm gesagt, was bei längerem Ausfall der Ehefrau zu tun sei.

Gut, verhungern würde er nicht. Er könnte Essen gehen und ein bisschen Brot und Wurst und ein Bier fürs Abendessen würde er im Supermarkt schon finden. Das Haus war frisch geputzt und der Wäscheschrank war voll - also, er würde schon noch ein paar Tage aushalten.

Aber wenn Martha länger weg blieb? Fürs Putzen fiel ihm noch die Lösung ein, sich eine Putzfrau zu beschaffen. Aber wo bekam man eine her? Wen nur konnte er um Rat bitten? Beate? Nein, nicht Beate, die wusste zwar alles, aber das zeigte sie ihm auch! Seinen Sohn? Da könnte er auch gleich die Schwiegertochter fragen und das wollte er nun auch nicht!

Und dann fiel ihm noch jemand ein, den er sonst nie im Leben gefragt hätte. Aber hier und jetzt, in dieser Situation: warum nicht? Fridolin wunderte sich nicht, als er am Telefon Siegfrieds Stimme vernahm. Fridolin wunderte sich sowieso so gut wie nie. Jetzt fragte er vielmehr sogleich, wie es ginge, und Siegfried berichtete und fragte dann, was er denn nun tun solle.

„Möchtest Du nicht heute Mittag wieder ins Krankenhaus gehen?", antwortete Fridolin.

„Schon", sagte Siegfried, „aber ich mein', so mit Waschen und Putzen."

„Na, wenn Martha wirklich länger weg ist, dann besorgst Du Dir eine Putzfrau - und mit der Wäsche: viel brauchst Du nicht, das bisschen regelt sich schon so. Und um die Sachen von der Martha wird sich wahrscheinlich Beate kümmern, glaubst Du nicht auch?"

„Soweit war ich auch schon", erwiderte Siegfried bereits wieder leicht ungehalten. „Aber woher bekomme ich denn eine Putzfrau?"

„Zeitungsannonce, Zettel im Supermarkt, Diakonieverein oder ganz einfach in der Nachbarschaft fragen", schlug Fridolin vor.

„Der weiß auch nichts!" Und weil Siegfried so dachte, brachte das Gespräch zu einem raschen Ende.

Es hielt ihn nicht mehr im Haus; also ging er zum Essen in die Wirtschaft. Er kannte den Wirt ein wenig und der Wirt ihn und so wurde er gefragt: „Heute allein?" Also musste er erzählen und am Ende des Berichtes fragte der Wirt: „Und kommen Sie so zurecht?"

Siegfried wollte schon sagen: „Aber selbstverständlich" - aber dann entschied er sich anders und gab zu: „Eigentlich such´ ich eine Putzfrau."

„Da hab´ ich etwas für Sie", meinte der Gastronom und ging zu einem Pinboard; er nahm so etwas wie eine Visitenkarte ab, ging in einen Nebenraum und kam mit einer Kopie zurück.

„Studentischer Hilfsdienst", stand da. „Sie brauchen Hilfe beim Einkaufen, Schneeschieben, Rasenmähen e.t.c.? Rufen Sie uns an! Wir Studenten helfen für neun Euro neunzig die Stunde." Darunter war eine Telefonnummer.

„Und das ist was?"

„Klar", sagte der Wirt, „ich habe da schon oft eine Aushilfsbedienung bestellt. Ich sag´ immer, ich brauch jemand mit Erfahrung beim Bedienen und wenn der- oder diejenige gut ist, zahl´ ich auch elf Euro und die Trinkgelder dürfen sowieso behalten werden - und bis auf ein- oder zweimal war ich immer zufrieden."

So einfach sollte das gehen? Siegfried war erstaunt, steckte die Kopie ein und meinte: „Na ja, mal sehen - vielleicht gar nicht so verkehrt." Und insgeheim dachte er bei sich: alles halb so schlimm, wenn man´s richtig macht!

Das Essen hatte ihm geschmeckt - jetzt gleich wieder ins Krankenhaus? Er dachte kurz darüber nach und kam dann zu dem Schluss, dass es gegen Abend auch noch genüge. Mal die Zeit bis dahin nutzen, die Fahrräder winterfest zu machen.

***

Als er dann gegen halb fünf zu Martha ins Zimmer kam, erlebte er eine für ihn böse Überraschung: Martha lag - entgegen seinem zwischenzeitlich wieder gewonnenen Optimismus - völlig apathisch da; ab und an stöhnte sie leise, die Augen waren halb offen, aber sie erkannte ihn offensichtlich nicht. Zu ihrem linken Handgelenk ging ein Plastikschlauch, der künstliche Ernährung aus einer Tropfflasche zuführte. Er trat näher ans Bett und stellte mit Erschrecken fest, dass Martha an den Handgelenken eine Art Fessel trug.

Während er noch ungläubig schauend an ihrem Bett stand, öffnete sich die Tür und Beate kam ins Zimmer, ihren Jüngsten auf dem Arm und eine Krankenschwester im Schlepptau.

„Es ging leider nicht anders, uns blieb gar nichts anderes übrig, als Ihre Mutter zu fixieren. Zweimal schon hat sie heute Nachmittag die Braunüle aus der Hand gerissen und ist zu ihrem Schrank und hat wieder die Tasche gepackt. Wenn die Frau aus dem Nachbarbett uns nicht verständigt hätte, hätte noch mehr passieren können."

„Wieso denn überhaupt diese künstliche Ernährung?" Beate ließ der Schwester keinen leichten Stand. „Bis vor drei Tagen konnte meine Mutter normal essen und jetzt so etwas! Die Sache mit der Schleimhautschrumpfung kommt mir schon komisch vor - da wird am Ende doch nicht etwa hier im Krankenhaus eine Verletzung bei der Magenspiegelung aufgetreten sein?"

„Davon weiß ich nichts. Das müssen Sie mit Dr. Bergner besprechen; aber vor morgen früh geht das nicht - der arme Mann muss ja auch einmal schlafen. Fürs Erste schlage ich Ihnen einen Kompromiss vor: solange Sie hier sind, entferne ich die

Fixierung und Sie passen bitte auf Ihre Mutter auf. Und die künstliche Ernährung lassen wir einmal bis zur morgigen Besprechung mit Dr. Bergner."

Beate hatte noch immer ihren energischen Blick, wie das ihr Vater nannte. Jetzt wandte sie sich ihm zu: „Wo warst Du überhaupt die ganze Zeit? Ich komm′ hier vor ein paar Minuten an, seh′ die Mutti so in diesem Zustand und von Dir keine Spur!"

„Ich, ja, ich hätte doch sowieso nichts machen können, man kann ja nicht einmal mit ihr reden", fand Siegfried so etwas wie eine Entschuldigung.

„Nun machen Sie meine Mutter schon ab", sagte Beate daraufhin zur Schwester, „wenn das im Moment die einzige Möglichkeit ist. Mein Vater wird jetzt", und dabei schaute sie Siegfried streng an, „zwei oder drei Stunden hier bleiben. Zumindest solange können wir meiner Mutter bitte die Fixierung ersparen."

Siegfried fühlte sich überfahren und überfordert - er verstand das alles nicht so recht. Er war doch auch nur ein alter Mann und man konnte doch so etwas nicht von ihm erwarten! Aber er protestierte nicht mehr; er ergab sich in sein Schicksal, holte einen Stuhl und setzte sich gehorsam neben das Bett.

Beate setzte ihren Jüngsten dem Opa auf den Schoß und sich selbst auf die Bettkante. Dann nahm sie sanft die rechte Hand ihrer Mutter, streichelte diese ein wenig und erzählte ihr leise Belangloses von allen ihren Kindern. Nach zehn Minuten oder einer Viertelstunde stand sie auf, ging zum Schrank der Mutter, sucht darin herum und nahm schließlich einiges an sich. Dann kramte sie einen Zettel aus ihrer Handtasche und schrieb etwas auf. Die Liste gab sie ihrem Vater mit der Bitte, das morgen mit ins Krankenhaus zu bringen. „Findest Du das alles?", fragte sie zum Abschluss. Siegfried nickte ergeben. Dann nahm sie ihm ihren Jüngsten ab. „Kommst Du am Sonntag zu uns zum Essen?", fragte sie ihn dann und fuhr - ohne eine Antwort abzuwarten - fort, ihren Jüngsten anzuweisen, Opa und Oma Tschüß zu sagen.

Da saß nun Siegfried und bereute seine Hartnäckigkeit, mit der er Martha zu diesen Untersuchungen gedrängt hatte. Dann kam wieder das Selbstmitleid: Niemand hatte ihn vor solchen Komplikationen gewarnt - und in seinem Biologiestudium hatte er auch noch nie so etwas gehört.

Nach einiger Zeit setzte er sich wie Beate ans Bett und fing an, seiner Frau zu erzählen, was er heute gemacht hatte. Doch damit war er bald fertig. Er dachte nach und nach einer kurzen Pause begann er, irgendwelche Erinnerungen aus gemeinsamen Urlauben zu erzählen. Doch dabei wurde ihm ganz weich ums Herz und das wollte er nun auch nicht und deswegen hörte er recht rasch wieder damit auf und setzte sich erneut auf den Stuhl.

Als er schon längere Zeit so schweigend dagesessen hatte und es draußen schon dunkel geworden war, drehte Martha sich einmal um, öffnete die Augen und schaute Siegfried an.

„Siegfried — warum hast Du denn den Fernseher nicht angemacht?"

„Hier ist doch kein Fernseher - wie geht es Dir denn?"

„Ganz gut - schau doch mal in der Zeitung, was kommt."

„Ich hab´ hier doch keine Fernsehzeitung - es ist ja auch kein Fernseher da!"

„Hast Du ihn verkauft?"

„Nein, hier im Krankenhaus ist kein Fernseher."

„Nein, im Krankenhaus ist kein Fernseher", wiederholte Martha, „aber deswegen können wir doch Fernsehen schauen."

„Aber Du bist doch im Krankenhaus!"

„Im Krankenhaus? Aha, im Krankenhaus", sagte die Martha wieder. Und dann fielen ihr die Augen wieder zu und wieder fiel sie in diesen Dämmerschlaf, in dem sie zuweilen leise stöhnte.

Da sah Siegfried auf die Uhr - es war schon weit nach acht. Er machte es nochmals wie Beate, gab Martha einen Kuss, ging nach Hause und vergaß dabei voll und ganz, im Schwesternzimmer Bescheid zu sagen, dass er jetzt weg ginge.

***

So kamen dann am nächsten Morgen neue schlechte Nachrichten. Kaum war Siegfried im Krankenhaus, wurde er auch gleich abgefangen: er solle hier bitte kurz warten, Dr. Bergner sei in wenigen Minuten mit der Visite fertig und müsse dann dringend mit ihm sprechen.

„Was Schlimmes?", fragte Siegfried voller Vorahnung.

84

„Nein, das nicht – aber leider auch keine guten Nachrichten." Seine Frau sei heute Nacht gestürzt. Schlimmstenfalls ein unangenehmer Bruch, aber alles in allem noch glimpflich abgelaufen. Aber Dr. Bergner könne sich das nicht so recht erklären, er habe doch die Fixierung der Patientin angeordnet.

Die Fixierung! Siegfried durchfuhr es siedend heiß: ich habe nicht Bescheid gesagt, als ich ging! Seinen ersten Selbstvorwürfen folgten dann die Entschuldigungen: Beate habe ja so gegen die Fixierung protestiert und ihn dazu gezwungen, so lange zu bleiben - kein Wunder, dass er zu müde war, daran zu denken. Und warum hat die Nachtschwester bei ihren Rundgängen nichts bemerkt - rechtzeitig?

Wie sollte er nun aus dieser misslichen Lage kommen? Die Wahrheit sagen? Er erwog, beurteilte, versuchte mögliche Folgen zu ergründen und kam schließlich zu dem Schluss: nun sei es einmal so, warum solle er nicht die Wahrheit sagen. Aber die ganze Wahrheit solle es schon sein; seine Vergesslichkeit war ja nur ein Baustein in einer Kette von Ursachen, die zu dem neuerlichen Unglück führten.

Und so erhielt Dr. Bergner dann eine ganz plausible Erklärung. Dr. Bergner konnte es sich zwar nicht ganz versagen, darauf hinzuweisen, man hätte wohl denn doch besser auf seine Erfahrung als Arzt vertraut und der Fixierung zugestimmt; andererseits aber - setzte er hinzu und wer hätte das erwartet – fände man selten Angehörige, die sich heute überhaupt noch Gedanken machten, ob denn so eine Fixierung einem erwachsenen Menschen zuzumuten wäre. Er würde ja auch am liebsten jedem Kranken eine persönliche Fürsorgerin ans Bett setzen, aber dass das in heutiger Zeit illusorisch sei - und er blickte auf die Uhr und unterbrach seine Ausführungen. Vielmehr fuhr er fort: „Tja, also, leider ist es schlimmstenfalls Oberschenkelhalsbruch. In Verbindung mit der Krankenhauspsychose eine ganz ungute Situation." Ferner sei noch abzuklären, ob wirklich Anomalien beim Schluckvorgang bestünden. Also da müsse nun eben eines nach dem anderen gemacht werden: erst die Folgen des Sturzes versorgen, dann die Schluckbeschwerden klären und - wenn sich wider Erwarten inzwischen nicht die Psychose löse – noch die Reha. Insgesamt zwar nun ein Riesen-Programm, aber unterm Strich durchaus Hoffnung auf weitestgehend vollständige Genesung.

Siegfried bekam ein ihm unbekanntes Gefühl in der Magengegend; für diesen Morgen hatte er genug gehört. Was weitestgehend vollständige Genesung heißen würde, nun, das würde sich noch früh genug herausstellen.

Er verabschiedete sich, ging zu Martha, nahm sich den inzwischen schon vertrauten Stuhl und setzte sich an die Seite seiner Frau, die nach wie vor ab und an leise stöhnend dahindämmerte. Nach einigen Minuten senkte er den Kopf, vergrub ihn in seinen Händen und nur ab und an zuckten leicht seine Schultern. So fand Beate eine knappe Stunde später ihre Eltern; sie küsste die Mutter, legte dem Vater die Hand auf die Schulter und wollte wisse, wie es gehe.

Und zu seiner eigenen Verwunderung sagte Siegfried nur: „Die Mutter ist gestern gestürzt - schlimmstenfalls Oberschenkelhalsbruch."

Er vergaß vollkommen, Beate Vorwürfe zu machen, dass sie es gewesen sei, die auf Aufhebung der Fixierung bestanden hätte.

Und Beate war schlau genug, nicht danach zu fragen, was gewesen sei, als er gestern Abend vom Bett seiner Frau wegging.

Sie hatten sich – gefunden? Wie auch immer, die Not hatte einen Waffenstillstand verordnet.

***

Dr. Bergner hatte Recht behalten: es wurde ein langer Weg, ein sehr langer Weg. Es war Herbst gewesen, als Martha sich entschloss, für zwei Tage ins Krankenhaus zu gehen - bis sie nach Hause kommen sollte, würden die ersten Krokusse blühen.

Der Bruch in der Hüfte war kompliziert und die erste Operation war nicht perfekt, eine zweite behob den Mangel auch nur hinlänglich. Wochenlang war Martha schon allein deswegen künstlich ernährt worden.

Erfreulich war alleine, dass die Psychose sich wie durch ein Wunder zwischen den beiden Operation zumindest deutlich besserte. Zwar dämmerte Martha noch immer stundenlang vor sich hin, am Morgen und auch am Abend aber hatte sie in der Regel zwei oder drei Stunden, in denen sie ganz bewusst am Leben teilnehmen konnte - wenn man davon absah, dass sie doch ab und an einmal die eine oder andere Kleinigkeit durcheinander brachte. So konnte es durchaus vorkommen, dass sie die Armbanduhr verkehrt herum hielt und daher die Zeit falsch ablas. Wenn man dann die Uhr herum drehte und sie ihr erneut hinhielt, dann schaute sie einen mit großen Augen an und in ihrem Blick lag zugleich Ärger aber auch Verwunderung. Wobei man durchaus rätseln konnte, ob sich Martha über sich selbst oder über den Anderen ärgerte.

Die künstliche intravenöse Ernährung konnte natürlich nicht unbegrenzt fortgesetzt werden; daher stand nun zur Diskussion, eine Sonde durch die Bauchdecke zu legen um Martha für den Rest ihres Lebens eine Spezialnahrung direkt in den Magen zuzuführen. Denn die Schleimhaut im Kehlkopfbereich sei tatsächlich durch den jahrelangen chronischen Eisenmangel geschädigt; daher bestände ständig die Gefahr des Verschluckens, verbunden mit dem Risiko, dass Nahrungspartikel in die Lunge kämen und eine Lungenentzündung verursachen könnten. Insbesondere in Verbindung mit der noch verblieben Verwirrtheit der Patientin sei dieses Risiko besonders hoch.

Nur dank Ruth und Ulrich hatte man eine Sonde durch die Magendecke, hatte man diese die Lebensqualität einschnürende Maßnahme verhindern können. Andere Ärzte und Spezialisten waren konsultiert worden; zudem hatte man durchgesetzt, dass eine Logopädin kam und mit Martha übte, bewusst zu essen und zu schlucken. Bewusst zu essen und zu trinken, das hieß: sicherheitshalber nur pürierte Speisen sowie mit Quellmitteln angedickte Getränke und essen und trinken nur ganz aufrecht sitzend!

An das Krankenhaus schlossen sich dann noch zwei Aufenthalte in Reha-Kliniken an: einer wegen der Hüfte und einer zur Verbesserung der mentalen Leistungen. Dabei war es zunächst recht unwürdig zugegangen: die eine Klinik wollte die Patientin nicht aufnehmen, weil sie noch vereinzelt dazu neigte, etwas durcheinander zu bringen. Dafür könne man nicht die Verantwortung übernehmen, man sei dafür da, den Menschen das Gehen zu erleichtern. Die andere Einrichtung hingegen argumentierte, das Risiko nicht tragen zu können, dass Martha wegen ihrer Hüfte erneut stürze; man arbeite mit den anvertrauten Menschen memo-technisch.

Schließlich hatte Ruth einen Kompromiss vermittelt: Martha kam zunächst in die Reha zur vollständigen Beseitigung der Verwirrtheit und Siegfried durfte mit in die Klinik, um Martha beim Gehen zu unterstützen oder gar im Rollstuhl zu schieben.

Es war kurz nach Sylvester und Siegfried machte trotz anfänglicher Bedenken von Beate und Maria seine Sache gar nicht schlecht. Vielleicht machte er sie sogar viel zu gut. Denn er betreute Martha nicht nur beim Gehen sondern auch beim Essen: rührte ihr Dickungsmittel in den Kaffee, bestand auf Püree und Haschee statt Hackbraten und Salzkartoffeln.

Anfangs war das vielleicht so ganz in Ordnung. Doch mit zunehmendem Erfolg von Marthas Behandlung kam es nach und nach zwischen den Eheleuten zu Spannungen. Denn irgendwann realisierte Martha ihre Situation, begriff die Behauptung einer angeblichen Gefahr, die von ihrem Kehlkopf ausging. Sie begann sich zu erinnern, eigentlich nie zum Sich-Verschlucken geneigt zu haben. Dann stellte sie fest, dass sie eigentlich ganz gut essen könne, und ihr wurde bewusst, dass Kaffee mit Dickungsmittel scheußlich schmecke und Limonade mit Quellmehl nicht erfrischend sei. Als sie dann mit der Zeit auch noch Sehnsucht nach einem richtigen Stück Fleisch, nach einem knackigen Apfel oder bissfestem Gemüse bekam, begann sie, gegen die Bevormundung beim Essen und Trinken Einwände zu erheben.

Siegfried indes hatte ein schlechtes Gewissen. Er war sich bewusst, irgendwie an Marthas jetzigem Zustand zumindest in nicht unerheblichem Maße mitschuldig zu sein. Doch die Schlussfolgerung, die er daraus zog, hieß: ja kein Risiko mehr für Marthas Gesundheit! Vor jeder Untersuchung oder jedem prophylaktischen Eingriff klärte er die potentiellen Risiken; er las sorgfältig und wiederholt die Beipackzettel zu Marthas Medikamenten und studierte dabei insbesondere die Abschnitte über Nebenwirkungen und Risiken. Summa summarum: er ließ nichts mehr zu, was – in seinen Augen - auch irgendwie Martha gefährden könnte.

So kam es, dass Fridolin - wer auch sonst als der ewig fragende und nie entschlossene Fridolin - sich bei einem Besuch in der Klinik wieder in die Nesseln setzte. Um der Klinikatmosphäre zu entrinnen gingen die vier in den Ort in ein Café. Gemäß seinen neuen Angewohnheiten rührte Siegfried Martha zwei genau dosierte Messlöffel Dickungsmittel in den Kaffee und genehmigte ihr - immerhin - ein Stück Käsekuchen; die Schwarzwälder Kirschtorte, die in der Vitrine prangte und die es Martha so angetan hatte, wurde wegen der in Siegfrieds Augen zu bröseligen Zwischenschichten aus gebackenem Teig verworfen.

„Meinst Du nicht", hatte Fridolin zunächst gefragt, „dass sich Martha zur Feier des Tages doch eine Torte genehmigen darf? Wie soll denn ein Mensch so richtig gesund werden, wenn er sich jede kleine Freude versagen muss?"

Aber da ließ Siegfried nicht mit sich reden. „Und was machen wir, wenn sich Martha dann wirklich verschluckt?"

„Vielleicht ganz einfach das, was man in solchen Fällen immer tut: auf den Rücken klopfen. Beim ersten Mal verschlucken wird es ja schon nicht gleich eine Lungenentzündung geben; und wenn Martha wirklich fortgesetzt die Krümel in den falschen Hals bekommt - nun, mit aller Gewalt muss sie ja nicht fertig essen. Aber so ein kleines Versucherle, das wäre doch etwas, oder?"

Maria schaute Siegfried an – sie wusste wohl in seiner Miene zu lesen! Und deshalb trat sie ihrem Fridolin auf den Fuß. Das bedurfte indes einiger Übung, denn sie musste ja den Fuß und nicht die Prothese treffen; aber im Lauf der Jahre mit Siegfried und Fridolin hatte sie reichlich geübt. Und so verstand auch Fridolin.

Martha indes nahm der Szene die letzte Schärfe und meinte nur: „Ist doch so auch besser, Torte macht ja nur dick und ich beweg' mich ja jetzt zwangsläufig nicht mehr viel."

Dennoch blieb Fridolin ein Schelm; als er nur noch einen Schluck Kaffee in seiner Tasse hatte, nahm er sich die Dose mit dem Quellmehl und rührte sich eine Löffelspitze des Dickungs-mittels in sein Getränk. Dann probierte er und verzog dabei demonstrativ das Gesicht. Hätte man genau hingesehen, dann hätte man bemerkt, dass er das Gesicht schon verzog, bevor er am Kaffee nippte - und daran war Maria Schuld, die unter dem Tisch dringlich um Einhalt bemüht war. Diesmal jedoch - was äußerst selten vorkam - ohne den nötigen Erfolg. Denn Fridolin hielt die Tasse Siegfried hin und meinte: „Probier doch auch einmal: das schmeckt wirklich nicht toll!"

„Warum sollte ich denn - ich bin doch nicht krank!"

„Um zu wissen, wie es schmeckt, vielleicht urteilst Du dann anders", hatte Fridolin sagen wollen; doch er unterließ es. Vielleicht hatte das ja Maria verursacht.

Die Frauen schauten sich an, wechselten das Thema, hätten am liebsten die beiden Männer weggeschickt, um ungestört alleine zu sein. Doch wohin sollte man Siegfried und Fridolin auch entsorgen? Es hätte in dem kleinen winterlichen Kurstädtchen zugleich ein Geigenkonzert und eine gute Sportveranstaltung geben müssen - und das an einem Nachmittag unter der Woche!

An die erste Kur schloss sich die zweite an und auch zu dieser Behandlung fuhr Siegfried mit. Zwar durfte er diesmal nicht mit in die Kurklinik, doch er fand ein kleines Hotel in unmittelbarer Nachbarschaft. Aber immerhin bewirkte diese kleine Trennung, dass Maria doch ein bisschen Freiheit ergatterte - auch wenn Siegfried das Pflegepersonal mit reichlich Trinkgeld und zugesteckten Süßigkeiten auf seine Seite zog, um Marthas Disziplin mit allen gebotenen Mitteln zu überwachen.

Und dann war es endlich soweit - Maria kehrte heim, als die ersten Krokusse zu blühen begannen. Sie war wieder einigermaßen hergestellt: sie konnte die Uhrzeit wieder richtig lesen, sie fand sich in ihren Schränken und ihrer Küche zurecht und sie verwechselte niemanden mehr. Allein, was ihr geblieben war, das war der Stock - ohne Gehhilfe ging nichts mehr. Und die Bevormundung Siegfrieds, was das Essen anbelangte, die war ihr auch geblieben. So vernünftig doch eigentlich die Anregung Fridolins war, es einfach einmal zu probieren, immer kam Siegfried mit seiner Angst: Wenn nun wirklich etwas passierte? Man könne ja nicht vorsichtig genug sein! Wenn er nur daran denke, was aus dieser einfachen Magenspiegelung geworden sei!

Aber selbst aus diesem letzten schwachen Glied seiner Argumentationskette konnte Martha keinen Vorteil ziehen, konnte sie den Spieß nicht einfach umdrehen: denn wenn sie erwiderte, dass ihr all' das nicht zugestoßen wäre, wenn sie wie Maria auf die Untersuchungen verzichtet hätte, dann erwiderte er: „Ja, sicherlich, aber dann wüssten wir auch nicht, wie gefährlich Essen für Dich ist!"

Es nutzte alles nichts, die Situation war festgefahren wie das Hornberger Schießen! Jetzt lebten Maria und Martha tatsächlich beide mit einem Eisenwert von elf, knapp unter dem Soll - auch Marthas Arzt verkniff es sich inzwischen wohlweislich bedenklich mit dem Kopf zu wackeln. Und das, obwohl bei keiner der beiden Schwestern eine Ursache für den chronischen Eisenmangel gefunden wurde. Vielleicht doch einfach genetisch bedingt? Allein bei Martha wurde eine Auswirkung der Unter-versorgung mit Eisen, eben die unselige Schrumpfung der Kehlkopfschleimhaut, entdeckt.

Doch nun war Martha zu alt, um sich darüber zu freuen, dass es nun zwei zu eins für sie stand: ein kranker Kehlkopf und eine kaputte Hüfte gegen eine Blinddarmnarbe!

Wobei niemand überhaupt wusste, ob es nicht richtig zwei zu zwei stehen müsste, denn Maria dachte ihrerseits natürlich gar nicht daran, sich entsprechend untersuchen zu lassen. Die Zeiten der Kirschkerne und der bedingungslosen Solidarität waren vorbei. Nein, Maria aß lieber sorglos Kirschen und spuckte die Steine meist aus. Sie hatte aber auch keine Angst, einen Kirschkern oder sonst etwas zu verschlucken oder gar in den falschen Hals zu bekommen und am Ende gar noch eine Lungenentzündung davon zu tragen. Sie lebte nach dem Motto: Was ich nicht weiß, das macht mich nicht heiß.

Wäre vielleicht die Sache mit dem Essen mit ein klein wenig Risikobereitschaft, wie es doch so viele beim Genuss eines zweiten Glases Bier oder Wein oder gar beim Rauchen einer Zigarette wiederholt aufbringen, erträglich zu gestalten gewesen, so waren die ständigen Schmerzen in der Hüfte unabänderlich. Martha dachte oft an eine weitere Operation, wenn sie gar zu sehr vom Schmerz geplagt war. Aber jetzt war auf einmal niemand mehr für Krankenhaus, Behandlung oder gar Operation: ihre Knochen seien einfach schon zu alt - die zweite Operation sei vielleicht schon zuviel gewesen. Jeder weitere Eingriff verbessere nicht nur sondern schädige auch die anderen Knochen; denn irgendwo müssten Nägel, Schrauben oder auch die künstlichen Gelenke ja Halt finden. Jeder riet ihr ab, ihr Hausarzt, Maria, Ruth und Ulrich, Beate – und Siegfried war nun auf einmal der allerschärfste Gegner eines weiteren Krankenhausaufenthalts.

Ach hätte sie nur gut oder wenigstens ein bisschen besser gehen können! Sie hätte, wenn Siegfried das Haus verließ um mit seinen beiden Freunden schwimmen zu gehen oder Rad zu fahren, alleine ausgehen, in ein Kaffeehaus sitzen und Schwarz-wälder Kirschtorte essen können. So aber war ihr das verleidet und es war schwierig, jemanden zu finden, der mit einem Stück Torte an der Straßenecke lauerte, bis Siegfried das Haus verließ. Einmal hatte sie Beate dazu überredet - aber Beate war dabei auch nicht wohl. Sie mochte mit ihrem Vater zwar so gar nicht einig sein, aber ihn hintergehen oder gar in die Situation kommen, ihn anlügen zu müssen, das wollte sie nun auch nicht. konsequenter Weise riet sie daher ihrer Mutter: „Du musst dich bei Papa eben durchsetzen - ich kann es doch auch!"

„Du lebst aber auch nicht mit ihm unter einem Dach!"

Beate rätselte ein wenig, ob das eine Feststellung oder ein Vorwurf war - und erwiderte daher sicherheitshalber gar nichts.

Was hätte sie auch sagen sollen? Vielleicht: „Damit musst Du klar kommen!" - oder so ähnlich? Das wäre dann doch sehr herb gewesen! Und daran nach fast fünfzig Jahren Ehe etwas zu ändern, daran verschwendete wohl niemand einen Gedanken.

Nur einen einzigen kleinen Vorteil hatte Martha davon, dass sie nun so schlecht gehen konnte: die Kathi kam weiterhin noch jeden Samstag. Die Kathi war Siegfrieds Errungenschaft vom Studentendienst. Am ersten Samstag kam sie zwei Stunden, putzte Bad, Treppenhaus und Küche. Am nächsten Samstag kam sie schon ein bisschen länger, ließ als erstes einmal die Waschmaschine laufen und kochte Siegfried auch zu Mittag eine Spezialität aus ihrer bayerischen Heimat. Gleich vier Portionen, damit es sich lohne und der arme Herr Fischer sich die anderen drei Portionen bei Gelegenheit aus der Tiefkühltruhe holen könne. Was der arme Herr Fischer aber so gar nicht wollte - er wollte, dass eine der drei Portionen die Kathi esse und ihm beim Essen Gesellschaft leiste. Das ließ sich die Kathi auch nicht zweimal sagen — und sie setzte sich zu Herrn Fischer an den Tisch und hörte ihm bei seinen Geschichten aus dem Krieg zu und fragte artig und interessiert auch das eine oder andere nach.

Die Woche darauf erzählte Herr Fischer der Kathi auch schon während dem Putzen und Kochen und fragte sie auch dies und das - und das war dann der Kathi bald zuviel.

Doch als Siegfried wieder eine Woche später meinte: „Na, nun lassen Sie mal das Putzen, es ist sauber genug! Setzen Sie sich doch lieber noch ein bisschen zu mir und wir machen es uns noch ein bisschen gemütlich", da schuf die Kathi klare Fronten und sagte: „Ich putze, koche und wasche gern für Sie und brauch´ auch, ehrlich gesagt, das Geld. Ich find´s auch riesig nett, dass sie mich zum Mittagessen einladen. Aber verstehen Sie mich bitte richtig: Für die Zeit, für die ich Geld bekomme, will ich auch arbeiten - und Zeit für's grad so unterhalten, nun, das tut mir leid, die hab' ich nun mal nicht, ich muss halt lernen und studieren. Wenn also für heute nichts mehr zu tun ist, dann geh' ich jetzt, und wenn es Ihnen recht ist, komm ich nächsten Samstag zum Putzen wieder." Sprach's und warf die Zöpfe über die Schultern und da Siegfried ihr keine Arbeit mehr anwies nahm sie gleich darauf auch den Lodenmantel vom Haken und eilte davon.

Kathis deutliche Aussage zeigte Wirkung. Die nächsten beiden Wochen gab es zwar weder Extrageld noch Mittagessen für Kathi, doch dann hatte sich auch das wieder eingerenkt. Kathi war zum unnahbaren guten Geist des Hauses geworden.

Die Kathi hatte daher ganz bestimmte, fast schon zu förmliche und zu höfliche Umgangsformen gegenüber Siegfried und dieser nicht minder gegenüber der Kathi. Eine Frau spürt so etwas - und so fragte sich die Martha immer wieder, woher das wohl rühre? Sie hätte sich lieber selbst eine Haushaltshilfe gesucht, aber das ließ nun Siegfried auch nicht zu. „Hast Du etwas an ihrer Arbeit auszusetzen?", fragte er immer. Nein, an Kathis Arbeit war nichts auszusetzen. „Na also, dann lass' sie sich halt 'was dazu verdienen. Sie studiert Jura und ist erst im vierten Semester und die Eltern haben nur ein kleines Friseurgeschäft."

Der Siegfried wusste ganz schön viel von der Kathi! Und dass er ihr die Stange hielt - trotz Jurastudium! Bei seinem Sohn war doch das Jurastudium ein rotes Tuch! Nein, bezüglich der Kathi hatte die Martha kein gutes Gefühl - obwohl über die Arbeit der Kathi nichts zu sagen war.

***

Und so fühlte sich Martha wie eingesperrt und ständig überwacht. Gewiss, Siegfried war durch die Ereignisse des vergangen Winters auch irgendwie verändert: nicht mehr ganz so egoistisch, ein bisschen rücksichtsvoller, ein wenig einfühlsamer. Er bot sogar an, nicht mehr mit Wolfgang und Hartmut zum Schwimmen zu gehen, um sie nicht alleine zu lassen. Gut gemeint - aber inzwischen genau das Verkehrte! Denn Martha war wirklich froh, wenigstens einmal stundenweise alleine und von seiner erdrückenden Fürsorge befreit zu sein. Wenn ihr auch niemand Torte ins Haus schmuggelte, so konnte sie doch wenigstens das eine oder andere tun, das ihr sonst Siegfried ausgeredet oder abgenommen hätte. Sie litt unter der Fürsorge, konnte es fast nicht aushalten - und konnte sich nicht wehren, weil Siegfried ja nun um sie so besorgt, so hilfsbereit und entgegenkommend war. Wie ihm nur sagen, wie ihm beibringen, dass sie sich eingeengt fühlte? Es fehlte ihr an Mut und es fehlte ihr an Entschlossenheit!

Sicher, so sagte sie sich, Siegfried wusste schon immer, was er wollte und nahm es sich auch, manchmal sogar rücksichtslos. Aber früher hatte sie sich doch auch nehmen können, was sie wollte. Sie hatte zur Not nur zwei- oder dreimal daran erinnern müssen, wie teuer seine letzte Anschaffung eines Sportgeräts war - und sie konnte ihm fast jede Summe für ihre Wünsche aus der Nase ziehen.

Sicher, Siegfried war pedantisch und genau und hatte Erwartungen an seine Mitmenschen. Aber wenn man ihm nur deutlich genug sagte, was man von ihm erwartete und man nur eine gute Begründung vorbrachte, dann funktionierte er als guter deutscher Wehrmachtsoffizier noch immer nach dem Prinzip „Dienst ist Dienst und Schnaps ist Schnaps“.

Früher war also schon mit ihm auszukommen, wenn man ein bisschen schlau war und ihn zu nehmen wusste - und wenn man selbst beweglich war. Aber nun, nun war Martha einseitig auf ihn angewiesen und diese Einbahnstrasse verschob das alte Gleichgewicht. Es gab keine Möglichkeit mehr, ihn an neue teuere Sportgeräte zu erinnern - er kaufte keine mehr. Er war abgesehen von einigen wenigen Stunden joggen oder Rad fahren - und auch das waren häufig nicht einmal mehr ganze Stunden - und seinen Schwimmbadbesuchen mit Hartmut und Wolfgang jetzt immer zu Hause. Seine Martha sei ja nun leider nicht mehr so ganz gesund, pflegte er zu sagen, da müsse er sie schon unterstützen und ein bisschen pflegen.

Dass Martha nicht mehr ganz gesund sei - nun, das war nicht zu leugnen: das leidige Bein! Dass Siegfried seine Martha unterstützte, das war auch nicht gerade falsch. Er nahm ihr wirklich viel ab, was für Martha schmerzvolle Gänge durchs Haus bedeutet hätte. Dass er sie aber pflegte, dass war - gelinde gesagt - schon ein bisschen übertrieben. Martha pflegte sich noch immer selber, wenngleich auch alles mühsam war, aber Martha war eisern.

Was er indes als Marthas Pflege bezeichnete, das war genau besehen wohl nichts anderes wie eine übertriebene Angst und Sorge um seine Frau; und diese wiederum waren der Quell für seine Bevormundung, die er nicht als solche sehen konnte und wollte, weil ja doch alles zu Marthas Bestem geschah.

Ab und an versuchte Martha mit Beate darüber zu sprechen - aber Beate wollte nicht so recht auf das Thema anspringen. Wenn das Gespräch sich nur ansatzweise in diese Richtung entwickelte, dann bog es Beate möglichst rasch ab: war da nicht einem Kind die Nase zu putzen oder war es an der Zeit, die

Kaffeetassen wegzuräumen? Sie hatte schon einmal Schwarz-wälder Kirschtorte mit schlechtem Gewissen geschmuggelt - dabei sollte es bleiben, das hatte schon ausgereicht, um ihr ein schlechtes Gewissen zu machen. In die Beziehungskiste ihrer Eltern wollte sie nur wirklich nicht hineingreifen! Sie hatte sich selbst von ihrem Vater abgesetzt, hatte sich gegen Sport und für viele Kinder entschieden - verantwortungslos viele Kinder, wie ihr Vater ihr sogar einmal vorgeworfen hatte. Die Beziehung zwischen Beate und Siegfried war lange mehr als nur angespannt gewesen und der am Krankenbett der Mutter im letzten Herbst geschlossene Waffenstillstand stand wahrscheinlich auf tönernen Füßen.

Einmal jedoch war Beate ihrer Mutter nicht ausgekommen. Es war an einem Freitag, an dem Artur Urlaub hatte und unbedingt etwas mit seinen Kindern unternehmen wollte. Beate saß nun zwischen den Stühlen: eigene Familie oder Mutter? Doch Artur nahm ihr die Entscheidung ab: warum sollte nicht der Papa auch einmal die Kinder ganz für sich haben — schließlich habe sie Beate ja die ganze Woche, während er in seinem Büro in einem Frankfurter Bank-Hochhaus sitze und alleine die Brötchen für die Familie verdiene. „Nimm es mir nicht übel", hatte er gesagt, „und fühl′ Dich bitte nicht ausgeschlossen, aber ich freu mich sogar richtig gehend darauf, auch einmal mit den vieren allein zu sein. Sind ja auch meine und ich bin zwangsläufig zu selten da und wer weiß, wie lange sie noch etwas mit mir unternehmen wollen."

Also war kein Näschen da, das man putzen konnte, und auch die Kaffeetassen waren schon abgedeckt. Und Martha begann wieder davon zu erzählen, wie sie früher eben doch dazu kam, ihre Wünsche zu realisieren: „Weißt Du", hatte Martha ihrer

Tochter erzählt, „wenn ich früher nur zwei- , dreimal aufgezählt habe, wie teuer die neuen Sportsachen vom Papa wieder waren, dann hat er irgendwann ein schlechtes Gewissen bekommen und mir meine Wünsche erfüllt. Aber glaubst Du, dass er von sich aus einmal gefragt hat, was ich wollte? Nie! Immer musste ich ihm alles aus der Tasche ziehen!"

„Vielleicht waren die Zeiten früher einfach auch anders. Ich denke, dass das in Deiner Generation vielleicht einfach so üblich war? Nicht umsonst hat ja in den letzten Jahren die Emanzipationsbewegung ..."

„Ach was, Emanzipation", unterbrach Martha ihre Tochter, obwohl es eigentlich nicht ihre Angewohnheit war, jemanden zu unterbrechen. „Das braucht 's nun vielleicht auch nicht. Aber fragen könnten die Männer schon einmal. Und das war auch früher so - nur Dein Vater scheint diese Frage nicht zu kennen oder immer zu vergessen; Euer Vater hat ja nicht einmal gefragt, was ich mir zu Weihnachten oder zum Geburtstag wünsche!"

„Aber Papa hat Dir doch immer schöne, teure Geschenke gemacht!"

„Ja, schon", lachte Martha bitter, „Fahrräder, Tennisschläger, in den letzten Jahren sogar atmungsaktive Outdoor-Bekleidung, eventuell auch einmal eine neue Küchenmaschine. Alles tolle, teure Geschenke, von ihm ausgesucht, weil er dachte, das wär' das Richtige für mich. Und dann musst' ich die Outdoor-Klamotten auch noch anziehen, obwohl ich die Sachen gar nicht mag."

„Aber das ist doch toll, wenn er sich selber etwas ausdenkt! Also wenn ich ehrlich bin - Artur fragt da auch nicht, und dem fällt meist nicht einmal 'was ein. Jedes Weihnachten einen neuen Ring: davon träumt zwar manche meiner Freundinnen - aber ich bräucht's eigentlich nicht!"

„Ach – dann ist das bei Euch auch nicht anders. Und ich hab' immer gedacht, der Artur, der liest Dir jeden Wunsch von der Nasenspitze ab."

„Das täuscht, Mami, das täuscht", lachte Beate und seit über zwanzig Jahren sagte sie zum ersten Mal wieder Mami zu Martha. „Aber ich kann mich nicht beschweren; wenn ich zu Artur sage: `Du Artur, ich hab' da heute so was Tolles gesehen' und dann ein bisschen schwärme - also das hilft schon. Da ist er immer richtig froh, dass er nicht nachdenken muss. Wünsche erfüllen – ja, das kann er und da ist er recht großzügig. Doch von der Nasenspitze ablesen: na, ich weiß nicht, ich muss ihn schon immer anschubsen - und gleichzeitig muss ich fast schon aufpassen, dass ich nicht zu oft so etwas erzähle, sonst gibt der gute Artur zu viel Geld für mich aus."

„Aber Beate, man kann doch nicht so einfach - anschubsen", sagte Martha und hatte fast schon einen tadelnden Ton in der Stimme wie früher, wenn sie sagen musste: „Aber Beate, jetzt streng Dich beim Tennis ein bisschen an, der Papa ist sonst enttäuscht. Wenn er Dich schon so fördert!"

„Doch", sagte Beate, „ich kann das. Und ich glaube, ich darf das auch. Ich bin sogar fest davon überzeugt, dass das jeder darf. Sogar muss. Sonst gibt es ewig Frustrationen!"

„Aber Beate", sagte Martha nun schon zum zweiten Mal, „sag bloß, Du erziehst auch deine Kinder so! Das geht doch nicht, dass man nur wünscht, und dann bekommt man alles. So darf man Kinder doch nicht verwöhnen - wie sollen sie denn sonst später im Leben zu recht kommen?"

„Dass alles in Erfüllung gehen muss, das habe ich doch gar nicht gesagt und das hat damit auch gar nichts zu tun." Beate fand sich missverstanden. „Natürlich erfüllen wir unseren Kindern nicht jeden Wunsch. Wir sagen oft genug: `das geht nicht, dafür bist Du noch zu klein, das ist zu gefährlich´ oder `das können wir uns nicht leisten´. Und die Marlies hat an ihrem achten Geburtstag sogar fast geheult, weil es natürlich kein eigenes Pony gab sondern nur einen Gutschein für ein paar Stunden auf dem Ponyhof. Aber deswegen ist es doch nicht gleich verboten, zu sagen, was man sich wünscht."

„Wenn man es so sieht - vielleicht hast du da sogar ein bisschen Recht", gestand Martha ein. „Einmal im Leben haben wir es auch so gemacht: als Maria und ich Buchhändlerin werden wollten, da sind wir unserer Mutter auch hartnäckig in den Ohren gelegen. Und was hat die gute Frau nicht für unseren Wunsch alles auf sich nehmen müssen!"

„Und hast Du nicht jahrelang immer was weiß ich wohin fahren müssen zu Deiner Lehrstelle? Damals hast Du doch auch etwas dafür getan, dass Deine Wünsche in Erfüllung gehen!"

„Jeden Sonntagabend nach Eberbach, meine Güte, war das eine Tortur! Später gab es wenigstens im Winter den Zug, aber so gleich nach dem Krieg ... "

„Und als Du den Papa kennen gelernt hast, da hast Du ihm doch auch irgendwie zu verstehen geben müssen, dass Du ihn magst, oder?"

Und Beate wusste nicht, in welches Wespennest sie mit dieser Feststellung gestochen hatte.

Natürlich hatte Martha damals in Eberbach Siegfried mit in ihre Kammer genommen und nicht draußen im Zelt übernachten lassen. Aber gekommen - gekommen war Siegfried. Er war zu ihr gekommen, weil Maria weiterhin das Haar in Zöpfen trug und sich keinen Pferdeschwanz machte, war gekommen, weil Maria auch weiterhin Bier aus Flaschen trank wie Siegfried und die Jungs. Hatte sie am Ende gar Siegfried erobert, weil sie einfach keine eigenen Wünsche und keinen eigenen Willen geäußert hatte - war das der Vorzug, den Siegfried an ihr gegenüber Maria geschätzt hatte?

Und nun war es Martha, der das Thema unbequem wurde und die daher die Ausflucht suchte: „Ach weißt Du, damals, damals war man ja im Frühling seines Lebens. So als junger Mensch und frisch verliebt. Aber die Zeiten, die waren schon anders! Nach dem Krieg musste man halt vor allem schauen, was man haben konnte und dass man über die Runden kam."

„Das ändert jetzt alles nichts. Ich denke", entschloss sich Beate das Thema auf den Punkt zu bringen, „Du musst ganz einfach anfangen, Deine Wünsche gegenüber Papa klar und deutlich zum Ausdruck zu bringen. Und das bitte deutlich aber ohne mit dem Zaunpfahl zu winken."

„Das stellst du Dir so einfach vor - ich bin dazu zu alt."

„Ich weiß, dass es schwer ist. Ich hab' es als Kind auch nicht geschafft, zu sagen: 'Papa, ich will gar nicht Tennis sondern mit Puppen spielen'. Ich habe zuerst nach Amerika müssen, um selbständig zu werden. Ich war damals zu jung - und Du willst heute zu alt sein?"

„Ja, schon. Wenn man so lange zusammengelebt hat, dann kann man nicht von jetzt auf nachher alles anders machen."

„Wer spricht denn von alles anders machen? Nur weil Du sagst, Du würdest gerne einmal Schwarzwälder essen? Zu mir kannst Du es doch auch sagen - mich willst Du anstiften, Dir heimlich Torte zu bringen, hinter Papas Rücken! Das traust Du Dich, aber Du traust Dich nicht, Papa in die Augen zu blicken und einmal zu sagen: 'Du, ich hab' so Lust auf Schwarzwälder, können wir nicht einmal ein bisschen risikofreudig sein?'"

Martha dachte kurz nach und sagte: „Trauen würde ich mich vielleicht schon, aber ich weiß genau, dass es hinterher Streit gibt. Oder vielleicht nicht einmal unbedingt Streit, denn Dein Vater streitet ja eigentlich nicht. Aber er ist immer so - so eingeschnappt. Es ist dann so eine Missstimmung. Und das will ich nicht."

Die Missstimmungen ihres Vaters, die kannte auch Beate. Um die immer gut aushalten zu können, dafür war ihre Mutter viel zu viel mit Siegfried alleine. Was also sollte sie ihrer Mutter raten? Wie sie immer befürchtet hatte und weshalb sie so gerne dieses Thema immer vermied: auch Beate hatte kein Patentrezept für ihre Mutter, hatte keine gute Idee, wie sie ihren Eltern in dieser Situation helfen sollte. Vielleicht mit ihrem Vater sprechen, ihm ins Gewissen reden? Sie wusste, wie aussichtslos das war! Hatte sie nicht selbst ein Jahr im Ausland gebraucht, um sich frei zu machen? Und hatte ihr Vater sie denn inzwischen verstanden? Unverantwortlich viele Kinder hatte er ihr noch Jahre später vorgeworfen! Was konnte denn sie dafür, dass sie offenbar nach ihrem Großvater aus dem Odenwald schlug, dass auch sie gerne mit Kindern - und am liebsten mit den eigenen - Weihnachtssachen bastelte und im Herbst Drachen steigen ließ? Musste sie sich wirklich vorwerfen lassen, dass sie nach der Seite ihrer Mutter hin geriet und nicht nach ihrem Papa kam?

Und zugleich war sich Beate schmerzlich bewusst, wie sehr ihre Mutter auf ihre Hilfe hoffte. Jetzt und heute hielt die Mutter stille, weil sie keine Missstimmung mit dem Vater wollte. Seit Wochen schon fraß Martha ihren Kummer in sich hinein - da bestand doch wohl die Gefahr, dass es irgendwann aus ihr herausplatzte! Und dann? Wenn am Ende gar von Emotionen getrieben die Bombe platzte? War es dann die Wende zum Besseren oder nur die unheilvolle Zerstörung des derzeitigen Waffenstillstandes?

Und noch an eines musste Beate seit diesem Gespräch immer wieder denken: „Damals im Frühling des Lebens", hatte ihre Mutter mit nicht wenig Wehmut in der Stimme gesagt! Fünfundzwanzig Jahre Frühling, fünfundzwanzig Jahre Sommer und fünfundzwanzig Jahre Herbst - und nach dem Herbst muss man den kalten Winter fürchten. Arme Mami!

***

Doch bei Martha wuchs sich der Wunsch, ab und an wenigstens ein paar Stunden für sich zu haben, mit der Zeit gar zu der Sehnsucht aus, sogar einmal ein paar Tage ohne Siegfried zu sein. Aber wie das anstellen?

Ihr Sohn, der eine gute Autostunde entfernt wohnte, telefonierte zweimal die Woche mit ihr und kam alle paar

Wochen mit seiner Familie zu Besuch - zu ihr und zu Siegfried. Es war eine normale Beziehung, eine für heutige Zeiten sogar recht ordentliche Beziehung. Aber für ihr aktuelles brennendes Problem war ihr Sohn keine Hilfe.

Und Beate? Mit Beate konnte sie wenigstens reden. Beate rief schon einmal an oder kam gar zu Besuch, wenn Siegfried mit seinen Freunden Wolfgang und Hartmut beim Schwimmen war. Wählte mit Absicht die Zeit, wenn der Vater aus dem Haus war, um der Mutter die Gelegenheit zu geben, sich ungeniert aussprechen zu können. Aber wie der Wunsch nach einigen Tagen ohne Siegfried zu verwirklichen wäre, dazu fiel Beate auch nichts ein.

Es war mehr der Zufall, der Martha dann noch die Erfüllung dieses Wunsches brachte: bei einem seiner Telefonate kurz vor Siegfrieds achtundsiebzigsten Geburtstag stellte ihr Sohn die Frage, ob sie sich vorstellen könne, mit Siegfried für ein paar Tage zum Tennis-Turnier an den Hamburger Rothenbaum zu fahren. Er überlege nämlich schon seit Wochen, was er Siegfried zum Geburtstag schenke und das sei doch vielleicht eine Idee.

Martha grauste: mit Siegfried und mit ihrer Hüfte nach Hamburg? Zum Tennis? Sie wollte schon beginnen, abzuwiegeln: das sei ja doch recht teuer. Doch ein Gedankenblitz hielt sie davon ab und sie meinte daher: das sei ja eine tolle Idee, Hamburg und Rothenbaum, nein, wie würde sie das reizen! Aber die Hüfte - die dumme Hüfte! Also wenn sie dann in Hamburg wäre aber fast nichts machen könne, das wäre dann auch nicht das Rechte! Doch das sei noch lange kein Grund, Siegfried nicht die Reise zu schenken!

„Papa allein - na, ich weiß nicht", erwiderte der Sohn.

„Ja warum denn nicht - oder fahr doch ganz einfach Du mit! Vater und Sohn, ich glaube sogar, Euch beiden tut das direkt gut. Und Du bist doch auch so ein Tennisfan, gönn' Dir das doch selbst auch!"

„Papa und ich? Du weißt doch, ich bin für ihn ein Stubenhocker und Rechtsverdreher. Und ob ich überhaupt Urlaub bekomme?"

„Steck' nicht gleich den Kopf in den Sand - frag' doch einfach einmal!"

Und der Sohn bekam Urlaub - und wohl auch Lust auf den Rothenbaum. Und so staunte Siegfried nicht schlecht über das tolle Geburtstagsgeschenk seines Sohnes.

„Aber ich kann die Martha doch nicht alleine lassen", kamen ihm sogleich die Bedenken, die er lauthals an seiner Geburtstags-Kaffeetafel kund tat.

„Ich werd' schon ab und an nach Mutti schauen", druckste Beate herum, putzte dabei ihrem Jüngsten die Nase und schaffte es trotzdem, auch noch ihren Bruder schief von der Seite anzu-sehen.

„Ach was", sagte Maria am anderen Ende der Kaffeetafel, „Du hast schon genug mit Deinen vier Süßen. Die Martha kommt ganz einfach ein paar Tage zu uns auf Besuch!"

Siegfried war von dieser Wendung nicht begeistert - aber wie nur gegensteuern: „Ob das Fridolin recht ist?"

„Wenn Martha und Maria das möchten …", sagte der nur und blieb unbestimmt wie immer.

„Aber das ist doch eine super Idee!“ Beate hatte begriffen. „Warum sollen sich Mama und Tante Maria als Zwillingsschwestern nicht 'mal ein paar gemeinsame Tage gönnen?“

Tja, warum sollten sie das nicht? Darauf hätte Siegfried gern eine Antwort gewusst - aber es fiel ihm keine ein. Seine Martha im Odenwald, bei der leichtsinnigen Schwester und gar noch bei Fridolin, der doch meist nur das tat, wozu er Lust hatte! Doch ihm fiel nichts ein und der Rothenbaum war schon gar zu verlockend - und daher kam es dann wirklich so.

***

Martha freute sich auf ihre Reise in den Odenwald wie ein kleines Kind und sie blühte richtig gehend auf! Die Schmerzen in der Hüfte, die waren zwar noch da - aber sie waren auf einmal zu ertragen. Das pürierte Essen schmeckte noch immer nicht besser - aber man konnte dabei mit Siegfried reden, über Hamburg, über den Rothenbaum und auch ein bisschen über den Odenwald. Wie sah die Welt doch gleich anders aus, wenn man nur etwas hatte, worauf man sich freuen konnte!

Und dann war es soweit. Ihr Sohn und Siegfried nahmen sie auf dem Weg nach Hamburg mit in den Odenwald - wie sie so sagten, auch wenn das geographisch Unfug war. Die beiden Männer tranken noch artig ein Glas Saft und aßen ein paar phantasievoll belegte Semmeln. Siegfried staunte nicht schlecht, als er, Maria für die liebevoll belegten Schnittchen lobend, die lachend vorgebrachte Antwort erhielt: „Aber bei uns ist doch Fridolin der Küchenchef!“

„Onkel Fridi ist halt einfach ein Künstler - nicht nur mit der Geige“, warf der Sohn ein und so fiel es nicht auf, dass Siegfried nichts mehr sagte. Und Siegfried wusste auch gar nicht, was er sagen sollte: sollte er Fridolin als Weichei outen, weil er Frauenarbeit machte, oder sollte er zugeben, dass Fridolin ihm etwas voraus hatte: nämlich im Haushalt selbständig zu sein und auch ohne eine Maria, eine Martha oder eine Kathi zu recht zu kommen?

Und dann waren die beiden weg! Eine volle Woche Freiheit!

Die Frauen zogen sich in die Bücherstube zurück - Martha saß am Rattantischchen und Maria stellte mal das eine Buch von rechts nach links und dann das andere Buch von links nach rechts. Sie hatten Zeit, miteinander zu reden - und wussten auf einmal gar nicht mehr so recht, über was. Da fingen sie einmal vorsichtig mit ihren Erinnerungen an, mit dem guten alten Vater, dass man mit seiner Familie im Odenwald so gut wie keinen Kontakt mehr hatte, seitdem auch die Berta gestorben war. Ja, ja, die Berta - einen im Krieg, als man alles verloren, so unwirsch empfangen und in die Scheune hinaus gedrängt! Ob's im Haus wirklich so eng war – wer weiß? Aber später dann, als man schon in Heidelberg war, doch immer wieder mit ein paar Pfund Kartoffeln, einem Säckchen Äpfel, etwas Schmalz oder auch einmal ein paar Eiern ausgeholfen. So recht freundlich nie gewesen, die Berta, aber einen nie vergessen!

„Vielleicht hat sie einfach immer nur Angst gehabt, unser Vater kommt doch noch zurück und nimmt ihr den Hof wieder weg – wo er doch eigentlich der Hoferbe war."

„Also so gut hätt' sie ja unseren Vater kennen müssen, dass der nie und nimmer Bauer geworden wäre. Post zum Austragen hat's doch auch nach dem Krieg gegeben!"

Dann sprachen sie über die gute alte Mutter, das liebe Kindermädel, das sie ihr ganzes Leben geblieben: in den Odenwald gekommen und den Kindern den Garten gemacht. Und nicht einmal richtig Dank bekommen! Jeden Donnerstag treu zum Kaffee gekommen, stets die Blumen gelobt und die Kinder beschenkt - aber an den anderen Tagen war sie so gut wie vergessen. Wie hatte man bloß so zu ihr sein können? Und dann: ganz alleine gestorben, einfach so.

Und die Erinnerung an die Eltern brachte die Kindheit wieder hoch: die Sache mit den Kirschkernen - und die schöne alte Puppenstube. Auch schon lange nur Staub und Asche! Vielleicht war sie nicht einmal ganz so toll - vielleicht verklärte die Erinnerung alles? Obwohl: Puppenkleidchen auf Kleiderbügelchen und Adventskranz und Weihnachtsbaum in Puppenformat - wo hätt' es denn so etwas schon gegeben!

Dann kam die Geschichte mit Friedi und Fridi - die übersprang man lieber. Dass der Siegfried einfach nach Eberbach gefahren und dass die Martha - nein, das musste nicht besprochen sein, das war nun schon so lange her und es war doch eigentlich gut so! War nicht Maria voll und ganz glücklich mit ihrem Fridi - dem unentschlossenen Fridi, der nun über ihnen in der Küche hantierte und, obwohl er in den letzten Jahren wirklich zum talentierten und durchaus hingebungsvollen Hobbykoch geworden, zum ersten Mal in seinem Leben Kaiserschmarrn kochte - nach Rezept! Er wollte nicht daran schuld sein, wenn Martha etwas in den falschen Hals bekam und so. Nein, daran wollte er nicht schuld sein - und überhaupt hatte er noch nie Streit gemacht: nicht mit seinen Schülern, nicht mit seinen Kollegen, nicht mit Frau und Kindern und am allerwenigsten mit seinem erfolgreichen Schwager. So ein bisschen Sarkasmus, so ein bisschen kritisch anfragen: ja, dafür war er schon zu haben. Die Anderen, die durften, die sollten schon einmal sehen, dass es in dieser Welt nicht nur klare Entscheidungen und Patentlösungen gab; die Anderen sollten ruhig über Alternativen nachdenken. Aber Streit - Streit wollte er mit niemand; da hätte er ja hin stehen und konsequent seine Meinung vertreten müssen! Eine eigene Meinung zu haben - ja, das war ihm wichtig; seine Ansicht anderen aufdrängen - nein das wollte er nicht.

Die Frauen in der Bücherstube übersprangen also ihre Ehemänner und kamen als Nächstes zu den Kindern. Und natürlich kamen sie auch zu Ruth und als sie über Marias Tochter sprachen, ließ es sich nicht mehr vermeiden, sich auch an Ruths Ratschläge zu erinnern. Da konnte Martha sich nicht verkneifen zu sagen, wie enttäuscht sie von Ruth gewesen sei! Von Ruth hätte sie den Rat bekommen, ins Krankenhaus zu gehen, sich untersuchen zu lassen - und dann sei all' das daraus erwachsen! Und Martha konnte nicht umhin und klopfte drei- oder viermal energisch mit dem Stock auf den Boden.

Maria ließ halb verwundert, halb irritiert die Bücher liegen, trat zu ihrer Schwester, legte fest ihre Hand auf den Arm der Schwester, mit dem diese den Stock führte, und sagte: „Aber das hat die Ruth doch nicht gewollt, das hat sie doch gar nicht wissen können!"

Martha indes blickte auf, sah ihrer Schwester in die Augen und sagte: „Nein, freilich nicht – wissen hat sie es nicht können. Aber vielleicht ahnen! Hast Du nicht selber immer zu ihr gesagt: ʼich werd' noch verrückt im Krankenhausʼ. Warum hat sie bloß nicht daran gedacht, dass ich deine Zwillingsschwester bin - hätt' sie nicht mit dieser blöden Krankenhauspsychose rechnen können?"

Und wieder wollte die Martha mit dem Stock klopfen - doch Marias Hand lastete zu schwer auf ihrem Arm.

Da fügte es sich durchaus nicht ungeschickt, dass Fridolin nach unten kam, um seine Damen - wie er sich ausdrückte - zu Tisch zu bitten.

Sie waren halb die Treppe hinaufgestiegen, als Martha anhielt, kräftig verschnaufte und zu ihrer Schwester sagte: „Es tut mir leid, was ich eben gesagt habe. Ich weiß schon, die Ruth hat es nur gut gemeint - aber ich hab' eben soviel Hoffnung darauf gesetzt, dass die Ruth mir genauso wie Dir rät, damit ich nicht ins Krankenhaus muss. Der Siegfried sollte mich endlich damit in Ruhe lassen!"

Und Fridolin sah, wie Martha die Tränen über die Wangen rannen, und er nahm sein Taschentuch, sein nicht mehr ganz sauberes Taschentuch, und tupfte ihr die Tränen ab. Dann nahm er sie unterm Arm und sagte: „Komm, wir zwei Invaliden wollen uns gegenseitig stützen."

Martha schaute Fridolin verwundert an und ließ sich vollends die Treppe hinauf führen. Sie setzten sich zu Tisch und Martha blickte abwechselnd Ihre Schwester und Ihren Schwager an: und während Fridolin den Frauen dicke, sämige, ja schon fast breiige Kartoffelsuppe in die Teller löffelte und sagte, sie sollen nun daran denken, dass es danach noch Kaiserschmarrn gäbe, den ersten Kaiserschmarrn, den er selbst gekocht habe; ja also an diesen Schmarrn sollten sie denken und je nachdem, wie sehr sie sich darauf freuten oder auch nicht, mehr oder weniger Suppe essen. Und während Fridolin so sorglos und ungezwungen das Menü verkündete, begann Martha zum ersten Mal zu ahnen, warum Maria damals zu Fridi gegangen war.

„Wir zwei Invaliden", hatte er gesagt. Ein ganzes Leben war er mit nur einem Bein ausgekommen - und sie jammerte, dass sie nun im Alter am Stock gehen musste. Und jetzt saß er da und löffelte ihr ganz freundlich Suppe in den Teller. Suppe, die er auf einem Bein gekocht - und dazu noch Kaiserschmarrn. „Meine Güte, Fridolin", fasste sie ihre Gedanken in Worte, „wie aufwendig hast Du gekocht! Wie schaffst Du das mit nur einem Bein?"

„Nun, die Prothese, sie sitzt heut' recht gut. Und natürlich muss man wollen - wenn man will, dann geht fast alles."

Martha nahm den ersten Löffel Suppe: Hausmannskost - aber gut und sättigend.

„Du, die ist aber gut, Deine Suppe. Aber weißt Du, was mir gerad' so auffällt: ich weiß gar nicht, wie das damals mit Deinem Bein passiert ist. So lang kennen wir uns nun schon, und ich hab Dich nie danach gefragt. Aber heut', heut' interessiert es mich."

„Im Krieg halt", sagte der Fridolin, „im Krieg halt. Da gibt es nichts zu erzählen."

Und wie ein böser Wurm kam Martha wieder Siegfrieds peinliche Vermutung in den Sinn: ob der Fridolin sich nicht beim Verlust seines Fußes ein bisschen geschickt angestellt habe, nur um von der Front weg zu kommen.

Nein, davon sagte sie natürlich nichts an diesem gastfreundlichen Tisch; aber so wie der Fridolin gerade reagiert hatte! Aber neugierig war sie nun schon - sogar mehr als zuvor!

„Ich will Dir natürlich nicht zu nahe treten, und wenn Du nichts davon erzählen willst, dann ist das freilich auch in Ordnung."

„Kannst doch ruhig auch ein bisschen erzählen", warf die Maria ein. „Die Martha besucht ja nicht nur mich. Wir sind sowieso zwei undankbare Wesen, sitzen drunten in der Bücherstube, unterhalten uns und lassen Dich hier oben arbeiten. Wir hätten wirklich hoch kommen, Dir ein bisschen helfen und uns zu dritt unterhalten sollen."

„Das ist schon gut so", erwiderte Fridolin. „Aber es gibt da wirklich nichts zu erzählen: Eben raus aus dem Schützengraben, vorgestürmt und nach nicht einmal hundert Meter ein Schlag. Dann bin ich hingefallen und liegen geblieben. Die anderen sind über mich hinweg und ich konnt' einfach nimmer. Hab' die Beine gar nicht mehr gespürt. Und das war's dann."

„Ja und dann?"

„Hab' ich wohl Glück gehabt - die unseren schmissen die Russen aus deren Gräben und so blieb genügend Zeit, dass unsere Sanis mich einsammelten und nach hinten brachten. Ist mir ja recht früh im Krieg passiert, da gab's noch ordentliche Verbandsplätze und sogar Betäubungsmittel für die Amputation."

„Aber hast Du denn gar keine Angst gehabt?"

Martha fragte immer weiter, obwohl Maria mit der Hand anfing zu winken, als ob sie sagen wollte: tu langsam! Nein - hör auf!

„Angst - natürlich hat man Angst gehabt", gab Fridolin   zur Antwort, „aber man hat es sich nicht eingestanden. Wenn der

Befehl kam: 'Raus aus dem Graben' - na dann ging es eben raus. Und wenn der Befehl zum Stürmen kam, dann wurde eben gestürmt."

„Es hätt' Dich doch aber auch einmal schlimmer treffen können - Du hättest ja auch tot sein können."

„Ja, das hätt' er. Aber Gott sei Dank hat er Glück im Unglück gehabt", warf Maria ein. „Aber nun genug vom Krieg. Was machen wir heute Mittag?"

Aber Fridolin war noch nicht fertig, Fridolin hing nun seiner Erinnerung nach: „Also wenn ich ehrlich bin: vor einem sauberen Schuss und einem schnellen Tod, davor hat man sich damals nicht einmal so sehr gefürchtet. Schlimmer waren Granatsplitter, Bauchdecke aufgerissen und so, und dann zwischen den Fronten liegen, und keiner kümmert sich um Dich, keiner hat Zeit oder keiner kommt wegen Beschuss zu Dir hin und Du liegst da und schreist Dir die Seele aus dem Leib. Aber trotz anhaltendem Beschuss findet Dich keine zweite gnädige Kugel: davor hatt' ich viel mehr Angst, vor dem langen Leiden, vor dem qualvollen Dahinsiechen. Das war schlimm, auch für die Anderen, die wieder im sicheren Graben waren und den dort draußen schreien hörten und nicht hin konnten und nicht helfen. Ich weiß noch, den Jakel, den haben wir stundenlang gehört, stundenlang und konnten nicht hin zu ihm. Immer hat er geschrien und ich kannte die Stimme und ich hab's nicht mehr ausgehalten und wollt sogar raus, wär' mir egal gewesen, wenn es mich selber, aber die anderen, die anderen haben mich gehalten, haben mich einfach nicht gelassen. Stell Dir vor: die lassen einen nicht, einen der helfen will, einen der seinen Freund doch nicht einfach verrecken lassen kann!"

Und während Fridolin dies erzählte, wurde seine Stimme immer dünner und piepsiger. Maria indes wurde zunehmend bleicher, hatte irgendwann ihre Hand auf Fridolins Arm gelegt, so wie kurz zuvor ihrer Schwester und jetzt unterbrach sie Fridolin: „Lass´ gut sein, Fridi, lass´ gut sein. Ich weiß, der Jakob, das quält Dich! Ich hätt´ Dich nicht bitten sollen, zu erzählen, ich hätt´ es wissen müssen, dass der Jakob Dich wieder quält."

Martha hatte aufgehört zu essen, schaute entgeistert zu Schwester und Schwager: so hatte sie Fridolin noch nicht erlebt.

„Aber ich hab´ doch zu ihm raus wollen, und die ließen mich nicht."

„Ich weiß schon", sagte die Maria ganz sanft, „Du hattest Dich entschlossen, zu helfen, aber sie ließen Dich nicht. Sie waren vernünftig - doch das hilft Dir nicht. Aber es ist jetzt Jahre her und es war Krieg und im Krieg gibt es nun einmal Leid und Ungerechtigkeit."

Sie hatten alle aufgehört zu essen und jetzt schwiegen sie auch noch. Saßen einige Minuten schweigend am Tisch, bis Fridolin als erster wieder anfing, zu löffeln. Als die Suppe aufgegessen, stellte er den Suppenteller zur Seite, hinkte zum Herd, füllte den Schmarrn aus einem Topf, der bei ganz kleiner Flamme auf dem Herd stand, in eine Schüssel und brachte ihn auf den Tisch.

„Sieht er nicht gut aus, mein erster Kaiserschmarrn", sagte er, als sei nichts gewesen, als sei seine ganze Erregung, die ganze böse Erinnerung wie weggeblasen.

Er setzte sich wieder, nahm sich selbst von der Süßspeise, streute Zucker darüber und bediente sich auch mit

Apfelkompott. Er probierte eine Gabel voll und meinte: „Sollte man mal wieder kochen - ist gar nicht so schlecht. So zwischendrin 'mal eine Süßspeise, warum eigentlich nicht? Was meint ihr?" Und er schob die Schüssel mit dem Schmarrn Martha zu.

Da löffelten auch die Schwestern die Suppe aus, nahmen ebenfalls vom Schmarrn und gaben Fridolin Recht: sein Kaiserschmarrn sei ja ein Gedicht, den solle er durchaus ab und an mal wieder machen.

Und wieder schwiegen sie ein bisschen, man hörte nur das Kratzen der Gabeln und Löffel; dann aber hub Fridolin wieder an: „Wisst ihr, vor dem eigentlichen Tod, davor hatte ich damals keine Angst."

„Wollen wir nicht", unterbrach ihn Maria zugleich, „von etwas anderem reden?"

„Lass nur", sagte Fridolin, „den Jakob hab' ich jetzt für heut' verkraftet. Aber warum soll ich Euch nicht erzählen, warum ich damals keine Angst vor dem Tod hatte - wohl gemerkt vor dem Tod durch die schnelle und gnädige Kugel. Wir sind doch, so ehrlich sollten wir nun schon sein, doch alle in einem Alter, in dem wir dieses Thema nicht mehr tot schweigen müssen - denn irgendwann kommt er schon und holt uns."

Maria schaute zweifelnd, doch Martha erwiderte: „Wenn ich ehrlich bin, das interessiert mich nun schon. Aber erzähl es uns wirklich bitte nur, wenn Du es gern tust und die Erinnerung nicht zu schmerzhaft für Dich ist."

„Nein, nein", sagte Fridolin da, „es ist eine schöne Geschichte, eine wunderbare Parabel. Man darf natürlich nicht zuviel d'rum herum denken, das freilich nicht. Aber ich denke heute noch an diese Geschichte und sie hat mich schon an manchem Grab getröstet und mir selbst die Angst genommen.

Ich habe die Geschichte von einem Kameraden gehört, im Eisenbahnwagon, als wir zum ersten Einsatz an die Front nach Russland fuhren. Als der Krieg angefangen hat, war ich war ja noch Schüler; die Lehrer hatten nichts Besseres zu tun, als uns ein schlechtes Gewissen zu machen: wir säßen hier in der Schulbank und draußen auf dem Felde werde gerade Geschichte geschrieben - ob wir denn keine Ehre hätten und keinen eigenen Ansporn, warum wir denn hier blieben und uns nicht freiwillig meldeten? Ja, das hat uns damals beeindruckt - und so habe ich mich am ersten Tag nach meinem achtzehnten Geburtstag freiwillig gemeldet.

Der Russlandfeldzug hatte damals gerade begonnen und so kam ich auch gleich in die Kaserne. Bereits etliche Wochen später saßen wir dann schon im Zug an die Ostfront und wie wir so im verdunkelten Zug fuhren, na, da hat man sich halt unterhalten, schlafen konnt' man ja auch nicht immer. Zu sechst oder siebt steckten wir die Köpfe zusammen und malten uns unsere Heldentaten aus - und auf einmal fragt doch tatsächlich einer: 'ja, was aber, wenn uns gleich in den ersten Tagen einer abknallt?' Da war sie dann auf einmal, die Frage nach dem Sterben und so und was danach käme. Ein anderer erzählte dann, ihm fiele gerade wieder ein altes Märchen ein, das er als kleiner Junge von seiner Großmutter erzählt bekommen habe:

Ein alter Bauer habe noch ein sehr seltenes Vogelpärchen besessen. Der Hahn habe prächtiges, buntes Gefieder gehabt und ganz melodisch gesungen. Die Henne indes, lediglich blassbläulich bis hellgrau gefärbt, legte nur alle drei bis fünf Jahre Eier.

Alle Könige und Fürsten im ganzen Land umher wollten natürlich einen solchen Hahn besitzen und mit seiner Pracht und seinem Gesang ihre Gärten und Parkanlagen schmücken - allein, niemand legte Wert auf eine Henne. Und so war dem Bauern alle paar Jahre guter Verdienst gewiss, wenn seine Henne Eier legte und unter den Küken recht viele Hähne waren.

Der Hof des Bauern lag einsam und weit entfernt vom nächsten Dorf und der alte Vogelzüchter war schlau genug, sein Geheimnis zu wahren; die Voliere mit den wertvollen Vögeln stand daher umgeben von hohen Mauern versteckt zwischen Haus, Stall und Scheune, damit niemand seinen Schatz sähe oder ihn gar raube.

Nach Jahren des Wartens legte die Henne wieder einmal elf blaugraue Eier und zur Freude des Vogelzüchters färbten sich schon bald bei sieben der Küken die Federn bunt und aus dem hilflosen Piepsen formten sich kleine Melodien.

Bald wurden die Piepmätze flügge und - wie sie so die Kraft ihrer Flügel spürten - sprachen sie untereinander: 'Ei, wie gut sind unsere Kröpfe, mit denen wir so wunderbar singen, wie kräftig sind unsere Beine, aber wozu sollen nur unsere Flügel gut sein?'

Und sie fragten die Henne und den Hahn, doch auch die wussten keine Antwort.

Das kleinste und schmächtigste Küken, ein junger Hahn, saß indes oft nur still auf einer Stange und schaute zwischen den

119

Mauern nach oben. Wenn es hell war sah er dort ein kleines Stück eines mal blauen, mal weißen oder grauen Gewölbes. Wurde es aber dunkel, so erschienen dort - vor allem wenn das Gewölbe am Tag zuvor blau gewesen - wundersame kleine Lichter.

`Was sind das nur für Lichter, die im Dunkeln dort an dem Gewölbe über unserer Welt erscheinen?´, fragte er die Brüder und die Eltern. `Wie gerne würde ich dort hin ziehen und dies´ ergründen!´

Doch sein Vater und seine Mutter erwiderten: `Was sind das nur für Flausen! Die Lichter kommen und gehen, das war schon immer so und es wird immer so sein. Hat nicht auch der Bauer ab und an eine Laterne, ein Licht bei sich? Du siehst: Lichter sind nichts Außergewöhnliches - und überhaupt gibt es nichts anderes als unsere kleine Welt, als den Bauern, die Körner und das Wasser.´

Doch am nächsten Tag sah der kleine Hahn noch etwas viel Geheimnisvolleres: zog dort nicht etwas oben an dem Gewölbe vorbei, das sich rechts und links bewegte?

Er schaute von nun an noch viel öfter und intensiver nach oben und bald schon hatte er wahnwitzige Einfälle: `Könnten diese Dinge da vor dem Gewölbe nicht andere Vögel sein, Vögel, die wissen, wozu Flügel gut sind und die damit hinfliegen, wo sie wollen?´

`Wie sollen Vögel denn´, sprach da der alte Hahn, `hinfliegen, wo sie wollen, wenn es doch nichts anderes gibt als diese, unsere Stängelchen, den Bauern ...´

'Gewiß', piepste da der kleine Hahn und unterbrach, was ganz ungehörig war, seinen Vater, '... als den Bauern, die Körner und das Wasser. Aber wenn es doch etwas Anderes gäbe? Wenn die Welt nicht dort an diesen Fäden zu Ende sondern in Wahrheit sehr viel größer wäre?'

'Was hast Du doch nur für wirre Gedanken', mahnte seine Mutter. 'Lerne lieber singen, denn Du bist ein bunter Hahn, und lass es Dir damit genügen!'

Doch dann kam der Tag, als der Bauer nicht nur Körner und Wasser brachte sondern auch eine merkwürdige Stange mit einem Beutel daran. Und mit diesem Beutel fing der Bauer einen seiner Brüder und nahm ihn mit.

'Was ist mit unserem Bruder', fingen die vier kleinen Hennen zu jammern an und sogleich stimmten auch die meisten der Brüder ein.

Nur der kleine Phantast zwitscherte: 'Vielleicht hat er ja Glück und kommt an einem Ort, von wo aus man zu den kleinen Lichtern fliegen kann!'

'Und was hätte er davon?', schalt ihn sein Vater. Und der alte Hahn stimmte ein trauriges Lied an und sang es bis der Tag am heißesten war. Als es aber wieder kühler wurde, da sang er wieder seine alten Lieder.

Am nächsten und übernächsten Tag kam die Frau des Bauern und brachte Körner und Futter. Doch dann, am dritten Tag, kam der Bauer wieder selbst - und hatte wieder die Stange mit dem Beutel dabei.

Da setzte alsbald ein ängstliches Piepen und ein hilf- und zielloses Flattern ein und jeder der kleinen Hähne versuchte, dem Beutel zu entfliehen. Doch es nützte alles nichts: Am Ende ging der Bauer erneut mit einem der Brüder davon. Und wieder sang der Hahn das andere, ach so traurige Lied bis der Tag am heißesten war.

Unter seinen vier verbliebenen Brüdern ging nun die Angst um, wer wohl der nächste sei, der die vertraute Welt verlassen müsse. Denn sie alle wollten hier bleiben, bei Hahn und Henne in der vertrauten Umgebung mit den guten Körnern und dem erfrischenden Wasser!

Nur der kleine Vorwitzige sagte noch einmal : 'Vielleicht ist es aber dort sogar besser, wo der Bauer meine Brüder hingebracht hat? Vielleicht kann man dort sogar mit seinen Flügeln ganz weit fliegen - denn wozu sollen sie denn sonst gut sein?'

'Damit wir vor dem Beutel flüchten', piepten seine Brüder im Chor, 'damit wir dem Unheil entrinnen – dafür haben wir die Flügel!'

'Das glaub' ich nicht', sagte der Kleinste, 'denn unsere Brüder haben es nicht geschafft. Nein, das kann nicht Sinn und Zweck der Flügel sein!'

'So geh' doch Du das nächste Mal freiwillig in den Beutel', krächzte da sein dickster Bruder.

'Nun ist es aber genug', schalt die Mutter, 'lasst doch Euren Bruder, wenn ihn seine Märchen trösten! Es ist besser, als nur Angst vor dem Unabänderlichen zu haben!'

Und wieder vergingen zwei Tage, an denen die Frau Körner und Wasser brachte – doch dann kam wieder der Bauer und wieder mit der Stange.

'Soll ich mich wirklich freiwillig fangen lassen?' So schoss es dem Kleinsten durch den Kopf. Doch er hatte nicht so recht den Mut dazu - wie mochte es nur sein, ohne Vater und Mutter, ohne Schwestern und Brüder, ohne Körnchen und ....

Er kam mit seinen Überlegungen nicht zu Ende, denn vor allem Nachdenken war er unaufmerksam geworden - die Entscheidung war ihm abgenommen, er stak im Beutel. Vor Schreck war er wie starr und tot, brachte kein Piepsen heraus, konnte niemand mehr an seiner Hoffnung teilhaben lassen. Und als letzten Gruß seiner alten Welt hörte er, wie sein Vater wieder das andere Lied anstimmte; sein Vater würde es pfeifen, bis der Tag am heißesten war - und dann wäre er vergessen!

Der kleine Vogel wurde fort getragen, aus dem Beutel genommen und in einen Korb gesteckt und es folgten Stunden in Dunkelheit in einer ständig wackelnden Welt. Und doch empfand der kleine Hahn zu seiner eigenen Verwunderung keine Furcht sondern er war von einer merkwürdigen Hoffnung getragen; ja, es ging ihm wie einem Wanderer im finsteren Wald, der kein Unglück fürchtet sondern darauf vertraut, dass der Weg durch die Finsternis ein Weg zum Licht sein müsse.

Und wirklich nahm irgendwann alles ein Ende: das stetige Ruckeln und Beben und auch die Finsternis. Der Deckel des Korbs wurde geöffnet und als er aus ihm herausgeflattert, da sah er es: er war in einer Welt, die größer war als die Welt zuvor, als die Welt bei Hahn und Henne.

Ringsum sah er nur blaues und weißes Gewölbe! Keine Mauern mehr - nur noch sein geliebtes Gewölbe! Und er sah auch viele Wesen wie den Bauern und die waren alle zudem viel prächtiger als der Vogelzüchter; sie waren fast so bunt wie er selbst, doch sie schnatterten laut und disharmonisch.

Da sprang er auf einen Ast des kleinen Bäumchens, das in seiner neuen Voliere stand und er begann zu singen. Und als er zu singen begann, wurde es ganz still um ihn und man hörte nur noch sein Lied. Während er aber noch sang begann sich das Gewölbe zu verfärben: erst golden, dann purpur und rot und schließlich dunkelviolett - und dann begannen die kleinen Lichtlein zu prangen, so viele kleine Lichter, wie er noch nie gesehen. Da verstummte er vor Verwunderung: er war tatsächlich in eine größere, schönere, bessere Welt gekommen!

Doch sein Glück währte nicht lange; denn am nächsten Tag schon wurde ihm bewusst, dass er nun zwar in einer größeren Welt lebte - aber auch diese Welt war endlich, war von Fäden begrenzt. Sein Wunsch, zu den Lichtern zu fliegen, konnte noch immer nicht in Erfüllung gehen. Da begann er zu zweifeln: wozu sollte es gut sein, in eine größere Welt zu gelangen, aber seinen sehnlichsten Wunsch nicht erfüllt zu bekommen? Und als er dieses begriffen, begann er ein Lied, das noch trauriger klang als die Lieder seines Vaters, wenn ihm ein Sohn genommen worden war.

Die Höflinge des großen Königs aber, die an seiner Voliere vorbei kamen, blieben stehen und lauschten ihm - alle hörten ihm andächtig eine Weile zu, dann aber sprach ein jeder: `Schön singt er auch, doch auch all' zu traurig. Kommt, lasst uns weiter gehen und fröhlich sein!' Und so verging der zweite Tag.

Am Morgen des dritten Tages aber kam in aller Frühe der Sohn des großen Königs zur Voliere. Er stand ganz still und sah zum kleinen Vogel hinein, der gerade sein Köpfchen unter dem Flügel hervorzog und traurig gegen das Himmelszelt blickte: da verblassten sie wieder, die Lichter, zu denen er sich - warum auch immer - hingezogen fühlte.

'Was schaust Du so traurig?' Nur diesen einen Satz flüsterte der Sohn des großen Königs in der Morgendämmerung. Da schlug der kleine Vogel mit den Flügeln und begann sein allertraurigstes Lied; der Prinz aber öffnete das Türchen der Voliere. Der kleine Vogel begriff nicht sogleich - doch dann hüpfte er auf das untere Hölzchen der Öffnung und schaute hinaus in eine Welt ohne Fäden, in eine große weite Welt unter dem unendlichen Gewölbe, an dem soeben der letzte Stern verblasste: vor Freude begann er einen Choral zu trällern, so hell und klar, so freudig und erhaben, dass alle, die noch im Schlosse schliefen, aufwachten und an die Fenster traten.

Doch während er so sang ging es dem kleinen Vogel durch den Kopf: wer hatte Recht? Seine Brüder? Waren die Flügel nur dazu da, um vor dem Beutel zu fliehen? Oder hatte er seine Schwingen, um seiner Bestimmung entgegen zu fliegen? Und er besiegte seine Zweifel und er entschied sich, zu glauben. Zu glauben, dass ihm der Sohn des großen Königs endgültig den Weg in die unendlichen Weiten des Himmels geöffnet habe. Und er entschied sich, zu vertrauen: dass es mehr gäbe, dass da eine andere unendliche Welt außerhalb der Voliere sei und dass diese andere Welt die einzig wahre sei: seine Bestimmung!

Und er beschloss sein Lied mit einem lauten Triller und folgte seinem Glauben und flog davon.

Keiner aber der Höflinge war dem Prinzen böse, dass er den Vogel hatte fliegen lassen. Vielmehr waren alle voll der Freude über das eine schöne Lied an jenem Morgen und sprachen: ' Jeder seiner Vorgänger sang herzallerliebst und wunderschön - doch sein Abschiedslied war das allerschönste: das Lied der Freiheit und des Vertrauens. '

Mir hat dieses Märchen sehr geholfen", schloss Fridolin seine Erzählung. „Vor dem eigentlichen Sterben hier in dieser engen Welt habe ich keine Angst mehr. Auch damals in dem dunklen Eisenbahnwaggon waren alle ein bisschen betroffen, sogar ein bisschen gerührt - und ein bisschen getröstet. Natürlich hat das von uns jungen Helden damals niemand zugegeben. Denn welcher junge tatendurstige Soldat hört schon Märchen?"

„Auf jeden Fall ist das eine sehr schöne Geschichte", legte Martha nach, „hast du sie schon gekannt, Maria?"

Doch bevor Maria ihrer Schwester antwortete, machte sie Fridolin ein Angebot: „Du hast gekocht, wie wäre es, wenn wir zwei Frauen jetzt spülen und aufräumen?"

„Aber ich mach' das doch sonst auch jeden Tag, das ist schon gut so, lasst mich nur."

„Nein, nein", wehrte die Maria ab, „heute wollen wir es einmal anders machen. Du hast ja so aufwendig gekocht und wir waren den ganzen Morgen in der Bücherstube. Weißt du was: nimm die Geige und spiel' drüben in der Stube - wenn Du dann die Tür einen kleinen Spalt weit offen lässt, dann hören wir Deine Musik. Oder stört Dich dann vielleicht unser Geklapper und Geplapper beim Spülen?"

Die Geige - dieser Verlockung konnte Fridolin nun freilich nicht widerstehen!

Als die Frauen dann allein am Spülstein waren, lieferte Maria die ausstehende Antwort nach: „Freilich habe ich die Geschichte schon gekannt. Er erzählt zwar nicht oft, aber ab und an schon einmal, auch vom Krieg. Aber ich weiß ganz ehrlich gesagt nicht, ob es besser ist, wenn er davon erzählt, oder ob es ihn vielleicht doch nur quält."

„Aber wenn er nie davon erzählen kann", warf Martha ein, „ja dann müsste er doch immer alleine damit fertig werden! Wie soll denn das ein Mensch aushalten können? Ich glaube nicht, dass das geht!"

„Und wenn er davon erzählt", hielt Maria entgegen, „dann kann es passieren, dass es ihn aufregt und dass er noch immer nicht damit fertig wird - so wie heute. Die Erlebnisse aus dem Krieg, Du, die treiben den Fridi noch ganz schön um! Er wird ja auch stets daran erinnert, gleich an jedem Morgen, wenn er seine Prothese anlegen muss. Und wie der Jakob gestorben ist, das ist ganz besonders schlimm für ihn! Stell' Dir einmal vor, der Jakob, den hat er nicht nur ein paar Wochen gekannt, nein, der war mit ihm in der Schule. Dort waren sie zwar nie Freunde, haben sich sogar – soweit ich weiß - eher nicht so richtig leiden können. Aber als sie dann gemeinsam in die Kaserne und an die Front gekommen sind: das verbindet! Wir waren ja nie in einem Schützengraben, aber glaub' mir, das hat wahrscheinlich schon etwas: wenn Du da jemand hast, mit dem Du über Deine Heimat, Dein Zuhause reden kannst. Und dann liegt der da draußen und Du willst ihm helfen und Du kannst nicht, weil sie Dich nicht lassen ."

„Aber wär′ das nicht gefährlich gewesen - wär′ er da nicht eher selber verwundet worden und hätt′ am End gar nicht helfen können?“

„Vielleicht – wahrscheinlich - ich weiß es nicht. Aber Du hast ja seine Geschichte gehört: ich glaub′ fast gar, er fürchtet sich wirklich nicht vor dem Tod. Doch den Jakob, den Jakob wollt′ er nicht alleine lassen, Vernunft hin, Vernunft her. So genau weiß ich das auch nicht alles. Ich denk′, da hätt′ er einmal zu einem Psychologen müssen, das alles einmal richtig aufarbeiten. Aber das wollt′ er nie. Wär′ aber schon nötig gewesen! Manchmal habe ich gar den Eindruck, dass er heute niemand etwas vorschreiben oder gar befehlen will, weil sie ihn damals mit Zwang zurück gehalten und nicht zum Jakob gelassen haben. Vielleicht will er niemand etwas verbieten, weil er befürchtet, für den anderen ist genau das sehr wichtig! Aber genau weiß ich das auch nicht. Da ist es halt wirklich nicht ganz einfach mit ihm!“

So hatte Martha ihren Schwager noch nie gesehen. Wie war es doch damals, als Siegfried noch mit Maria ging und sie auch so gerne einen Freund gehabt hätte - aber nicht den nuschelnden Hans oder den hinkenden Fridolin mit der Geige! Und dann hatte Maria den hinkenden Fridolin genommen mitsamt der Geige, die sie jetzt im Hintergrund hörte, und ihr den Siegfried gelassen.

***

Diese Mittagsstunde des ersten Tages war der Ausgangspunkt geworden für eine wunderschöne Zeit zu dritt. Am Abend waren die Frauen mitgegangen, als Fridolin Chorprobe hielt, und hatten einfach zugehört. Als sie den Heimweg antraten, da ging gerade die Sonne vollends unter. Fasziniert vom letzten Licht des Tages blieb Fridolin stehen, fasste mit seiner linken Hand erst Maria und dann Martha am Oberarm: „Seht ihr", sagte er, „bei uns wird es jetzt dunkel und wir sagen die Sonne geht unter - aber irgendwo im Westen ist jemand, der sagt jetzt: die Nacht ist vorbei, die Sonne geht auf und ein neuer spannender Tag beginnt. Und morgen früh, morgen früh da ist es umgekehrt, da kommt die Sonne wieder zu uns und im Osten, da bringt irgendeine Chinesin oder Japanerin ihr Kind ins Bett und sagt: 'Du musst jetzt schlafen, es wird ja schon dunkel. '"

Maria schaute in die letzten Sonnenstrahlen und flüsterte: „Das hast Du schön gesagt." Fridolin aber begann, mitten auf der Straße seine Geige auszupacken und ganz leise „Guten Abend, gut' Nacht" zu spielen - und Maria fiel ein und sang sanft und kaum hörbar: „morgen früh, wenn Gott will, wirst Du wieder geweckt."

Wie es der Zufall wollte war es eine Woche, in der in die Bücherstube zum literarischen Abend eingeladen wurde und Martha, die davon nur aus Erzählungen wusste, konnte zum ersten Mal selbst dabei sein.

Tags darauf - im Laden stand eine der Hilfen und der Sohn hatte erst vor kurzem den Rasen gemäht - saßen sie im Garten und tranken zu dritt Kaffee. Man sprach über den vorigen Abend, erinnerte sich an die neuen Bücher, aus denen Maria vorgelesen hatte und wie auch immer kam man auf die Entstehung des Lebens.

„Es ist doch schon erstaunlich", sagte Maria, „dass man auch nichts mehr über seine ersten Jahre in dieser Welt weiß und schon gleich gar nicht über die Zeit im Mutterleib. Ist das nicht verwunderlich? Wir wissen nicht, wo wir hingehen - schön und gut, es liegt in der Zukunft! Aber dass wir nicht wissen wo wir herkommen? Waren wir nicht, nun, banal ausgedrückt, dabei?"

„Vielleicht hängt das ja zusammen?", schob Fridolin nach einer kurzen Pause ein. „Wüssten wir genau, wo wir herkommen, dann wüssten wir vielleicht auch, wo wir hingehen."

„Aber gibt es nicht Menschen, die an Reinkarnation glauben. Die ganz genau wissen, wer sie früher waren?", warf Martha ein.

„Ich gehör' jedenfalls nicht dazu", sagte Maria, „und ich kenn auch keinen, der genau weiß, wer er früher war."

„Und es würd' auch das Problem nicht lösen", sagte Fridolin, „denn es werden ja immer mehr Menschen auf dieser Welt. Entweder kommt man dann in immer kürzeren Zyklen auf die Welt oder man muss irgendwann einmal zwei Leben zugleich absolvieren. Nein, ich denke, Leben muss immer neu ent- stehen."

„Siegfried würd' jetzt wahrscheinlich sagen", warf Martha ein, „die Zeit muss ja nicht überall gleich verlaufen. Relativitäts- theorie und so. Und außerdem gälte ja überall ein Erhaltungs- satz: Energieerhaltung, Massenerhaltung und so weiter — warum also nicht Lebenserhaltung?"

„Lassen wir doch die Physik Physik sein", wiegelte Fridolin ab. „Sie beschreibt ganz einfach alles Materielle in unserer dreidimensionalen Welt - und das auch nur so hinlänglich, wie wir es heute verstehen. Aber da gibt es noch andere Dinge wie

Gefühle und Empfindungen: Ob Dir ein Musikstück gefällt oder nicht, das ist nicht vorher berechenbar. Es kann ja sogar sein, dass es Dir heute gefällt und morgen schon rätselst Du, wie Dir so etwas nur gefallen konnte! Es gibt also Dinge in dieser Welt, die nicht materiell sind und die wir daher auch nicht mit der Physik oder mit irgendeiner anderen Naturwissenschaft beschreiben können."

„Ja, schon", gab Martha zu und konnte sich nicht erwehren, zu denken: „Der Siegfried, der wüßt' jetzt darauf eine Antwort."

Maria aber sagte: „Du denkst also, der Körper, so ein menschlicher Körper, der ist materiell – aber der macht den Menschen nicht aus?"

„Das denk ich nicht nur – davon bin ich sogar überzeugt", bestätigte Fridolin. Und dass der unbestimmte Fridolin etwas so klar und deutlich sagte, das war schon sehr selten.

„Aber woher kommt dann das Andere?", überlegte Martha. „Die Empfindungen und Gefühle, von denen Du gerade gesprochen hast? Oder die Seele und der Geist, wie es die Pfarrer nennen?"

Da stand Fridolin auf und ging hinüber zum Schuppen und kramte ein paar alte Lampions und ein paar Kerzenstummel hervor, die wohl seit irgendeiner Gartenparty vor unendlich langer Zeit dort verstaubt in einer Ecke lagen.

„Schaut Euch die Kerzen an", sagte er und musste ein bisschen grinsen, denn die meisten waren schon ziemlich weit herunter gebrannt, „oder stellt Euch vor, es wären schöne neue Kerzen. Es passiert gar nichts mit ihnen - bis man sie anzündet." Und

Fridolin entzündete ein erstes Stummelchen mit seinem Feuerzeug. „So, jetzt brennt eine erste Kerze. Wenn es jetzt eine ganz große, dicke Kerze wäre, dann wäre es so eine Art Urkerze, die fast für alle Zeiten brennen könnte. Und jetzt", und Fridolin nahm weitere Kerzchen und Stummelchen, „kann ich an ihr beliebig viele andere Kerzen anzünden und die Flamme, Wunder über Wunder, sie vermehrt sich ganz einfach."

„Da hat er recht", sagte Maria, „die Kerze ist materiell, aber sie beginnt erst zu leuchten, wenn man sie anzündet."

„Ja schon - aber wenn die Kerze abgebrannt ist?"

„Tja, was dann?" Fridolin rieb sich am Kinn, ging nochmals in den Schuppen und kam nach kurzem wieder mit einem alten Lappen und mit einem Blech. Er nahm ein paar Kerzchen und stellte sie auf das Blech, den Lappen aber legte er um das dickste seiner Stummelchen herum.

„Was machst Du denn da", schimpfte Maria und nahm den Lappen gleich wieder weg, „der brennt ja gleich!"

„Eben", sagte Fridolin und legte den Lappen wieder um die Kerze, „aber ich pass' schon auf. Aber wie Du gesagt hast: Wenn die Kerze ganz heruntergebrannt ist, dann wird sie den Lappen in Brand setzen, und der Lappen vielleicht unseren Gartentisch - und war doch immer das gleiche Flämmchen, das zuerst die Kerze hat brennen lassen."

„Und die anderen", sagt Martha leise, "und die anderen auf der kalten, harten Blechplatte gehen einfach aus!"

„In meinem Beispiel schon. Aber wir wollen es nicht überstrapazieren, mein kleines Spiel mit den Kerzen", sagte Fridolin, nahm den Lappen, warf ihn in das Regenfass und sagte zu Maria hin: „Sicher ist sicher!" Dann blies er auch die anderen Flämmchen aus und meinte: „Jetzt zieht es mich doch zu meiner Geige. So bin ich eben: ohne Musik kann ich gar nicht mehr sein."

„Geh nur", lachte Maria, „mit Deiner Geige können wir so wenig wie sonst noch etwas auf der Welt konkurrieren." Und zu ihrer Schwester gewandt fügte sie hinzu: „'Ich kann gar nicht mehr ohne meine Geige sein', sagt er. Als ob es schon jemals anders gewesen ist!"

„Sei doch froh, Du hast immer schöne Musik im Haus. Und überhaupt: wie er das gerade erklärt hat, also wenn er so bei seinen Schülern war, also so toll wie er das erklärt hat!"

„Nun übertreib' mal nicht; mein Fridolin ist und bleibt nun mal nichts weiter als ein kleiner Künstler - mit allen seinen Schrullen, doch ohne großen künstlerischen Erfolg. Aber er ist meist zufrieden mit sich und der Welt, und wenn das einmal keine Gottesgabe ist!"

***

Allzu rasch verging die Woche im Odenwald - diese wunderschöne Woche, wie Martha immer öfter beteuerte, je näher ihre Abreise rückte. Kein Wunder also, dass beim Abschied die Schwestern vereinbarten, sich in Zukunft wenigstens jedes Jahr einmal eine gemeinsame Woche zu gönnen.

Doch dazu kam es nicht mehr - denn fünf Monate später klingelte eines Freitag morgens drunten im Rheintal das Telefon und ein weinerlicher Fridolin sagte: „Die Maria liegt tot im Bett und ich kann die Ruth nicht erreichen - was soll ich denn nur tun?"

Der gute Fridolin hatte leider Recht: Maria war wie ihre Mutter über Nacht gestorben.

Später erzählte Fridolin oft noch von seinem letzten gemeinsamen Abend mit Maria: um acht sei sie noch in der Bücherstube gewesen, habe sortiert und umgestellt, wollte neu bestellte Bücher einladend platzieren; deshalb sei er dann mit ein paar belegten Broten hinuntergegangen und habe gesagt: „Kannst Du heute wieder gar nicht aufhören?" Da habe sie geantwortet: „Gleich doch, noch ein Viertelstündchen - das hier will ich fertig machen."

So habe er sich eben in einen der Rattanstühle gesetzt, um bei ihr zu sein, und mit ihr ein bisschen über die neuen Bücher gesprochen. Er habe ihr auch die Schnitten angeboten, aber die Maria habe nur zweimal abgebissen und dann gemeint, irgendwie habe sie keinen Hunger. Da hätte er zum ersten Mal aufmerken müssen, das sei ihm heute klar.

Irgendwann wären sie dann nach oben gegangen, da wäre es wäre schon ein bisschen nach neun gewesen. Die Maria habe eben doch noch ein bisschen länger als ein Viertelstündchen gebraucht. Oben an der Treppe habe sie auf die Uhr geblickt und gesagt: „Doch schon so spät! Na, ich leg' mich dann gleich hin."

„So spät ist es doch noch gar nicht", habe er erwidert.

134

„Irgendwie bin ich heut' doch ein bisschen müde. Aber schön, dass ich doch noch fertig geworden bin und dass die Bücherstube jetzt gut sortiert ist. Vielleicht les' ich ja auch noch ein Viertelstündchen."

„Geht es Dir wirklich gut? Gegessen hast Du vorher auch nicht!"

„Ja schon – vielleicht ein bisschen der Kreislauf. Aber ich denke, wenn ich mich jetzt richtig ausschlafe, dann ist morgen früh alles gut."

Vielleicht hätte er ihr das nicht glauben sollen - das gehe ihm immer wieder durch den Kopf, das warf Fridolin später immer an dieser Stelle seiner Erzählung ein. Aber er habe nur noch gefragt: „Meinst Du wirklich?" Und als sie genickt habe, habe er sich noch erkundigt: „Stört es Dich, wenn ich noch ein bisschen Geige spiele?"

„Aber nein", habe sie gesagt, „bestimmt nicht - ganz im Gegenteil: Wenn ich Deine Geige höre, dann bist Du ja bei mir!"

„Willst Du was Bestimmtes hören, so zum Einschlafen? Ich spiele gern noch 'was nur für Dich!"

„Ganz egal", hatte die Maria da gesagt, „es ist alles schön, was Du auf Deiner Geige spielst."

Und sooft er auch von Marias letztem Abend erzählte: diesen Satz der Maria musste Fridolin immer wiederholen und dann setzte er unter Tränen hinzu: „'Ganz egal, es ist alles schön, was du auf Deiner Geige spielst' hat sie gesagt, gerade wie damals,

als sie von Siegfrieds Seite aufgestanden und zu mir gekommen ist" - und das wär' der letzte Satz gewesen, den er von seiner lieben Maria zu hören bekommen hätte.

Als er dann ins Schlafzimmer gekommen sei, da sei die Maria schon eingeschlafen gewesen und habe ganz gleichmäßig geatmet; das wisse er noch ganz genau, denn er habe sich noch ein bisschen hinunterbeugen müssen um ihre Nachttischlampe auszuknipsen. Er habe auch das aufgeschlagene Buch gesehen - aber dass es die Bibel gewesen sei, das habe er erst am nächsten Tag bemerkt.

Irgendwann habe er dann einmal auf der Seite gelesen, die aufgeschlagen war, und sich gewundert: da war das 25. Kapitel vom 1. Buch Mose aufgeschlagen. Er habe zunächst gedacht: Na, das hat wohl nichts damit zu tun, dass die Maria schon was ahnte. Aber dann habe er einmal die aufgeschlagene Seite nochmals gelesen und vielleicht sei ja der Vers 8 ein letzter Gruß von Maria: „Und er nahm ab und starb in einem ruhigen Alter, da er alt und lebenssatt war."

So also hatte die treulose Schwester ganz still und friedlich diese Welt verlassen und es fällt Martha schwer, ihr zu gönnen, dass sie vor ihr in diese andere Welt gegangen - sie kann keinen Trost finden und sie hört auch nicht das Lied der Freiheit und des Vertrauens; sie weiß einzig und allein, dass es keinen nächsten Besuch im Odenwald gibt!

O Maria, warum tröstest Du mich nicht mehr? Mit Deiner Krankheit hat mein Leid begonnen – und nun lässt Du mich gar alleine!

***

Körperlich hatte Martha an der Trauerfeier teilgenommen und als das letzte Lied verklungen war, war sie wie von unsichtbarer Hand geleitet von ihrem Platz in der Aussegnungshalle aufgestanden und hinter dem Sarg hergegangen; aber mit ihren Gedanken war sie in der Vergangenheit gewesen, hatte noch einmal - fast gleich einem Sterbenden, vor dessen Augen in den letzten Sekunden noch einmal sein ganzes Leben abrollt - den gemeinsamen Lebensweg mit Maria durchlebt.

Jetzt stand sie am offenen Grab und man gab ihr die Hand, jeder aus der Trauergemeinde gab nicht nur Fridolin und Ruth sondern auch ihr die Hand und wünschte Beileid.

So kehrte Martha wieder in die Wirklichkeit zurück, so trafen sich über dem Sarg der Schwester wieder Erinnerung und Realität.

Und als die letzte Hand gegeben riss sich Martha los von dieser Grube, die bald irgendjemand zuschütteten würde, damit sie ab und an herbei hinken könne um der Schwester Blumen aufs Grab zu legen.

„Kirschkerne sollte ich Dir aufs Grab spucken", das war ihr Gedanke, als sie sich umdrehte und vom Grab weg hinüber aufs Friedhofstor schaute. „Kirschkerne sollte ich Dir aufs Grab spucken und keine Blumen bringen" - und doch rannen ihr zugleich mit jedem Schrittchen, das sie sich abmühte, um den ach so weiten Weg zum Friedhofstor hinter sich zu bringen, mehr und mehr Tränen über die Wangen.

Über all' dem Kummer seiner Frau vergaß Siegfried, dass sie in der Aussegnungshalle zu Fridolin übergelaufen war - in seinen

Augen ein unmögliche Benehmen. Und so trat er nah an ihre Seite, nahm die Hand, die sie für den Stock nicht brauchte, und legte sie sanft auf seinen angewinkelten Arm, dass sie sich auf ihn stütze. So gingen sie schweigend die ersten Meter dieses ach so einsamen Weges; denn Siegfried, obwohl er sich mühte, wollte zunächst kein rechter Trost einfallen. Doch dann flüsterte er: „Ich versteh' ja Deinen Schmerz; die Zwillingsschwester zu verlieren ist bestimmt besonders schlimm. Man sagt ja, in der Todesstunde seien Zwillinge noch einmal besonders innig verbunden."

„Nichts verstehst Du, rein gar nichts", zischte Martha, „und das Schlimme ist: Du willst gar nicht verstehen!"

„Sei nicht ungerecht - was fehlt Dir denn? So umsorgt wie Du bist!"

„Dass Du nie fragst – nie fragst Du danach, wie ich es möchte." Und Martha ließ den Arm vom Siegfried los um, wie schon einmal an diesem Tag, einige schmerzhafte Schritte hin zu Fridolin zu machen. Doch Ruth und Ulrich kamen ihr zuvor, sprangen an ihre Seite und stützten sie zur Rechten und zur Linken.

„Ich versteh' Dich", flüsterte ihr Ruth ins Ohr, „ich versteh Dich, Tante Martha. Aber nicht jetzt, nicht heute - nicht schon am Tag der Beerdigung. Die Leute, du weißt, die Leute."

Und Ruth ließ ihre Tante in Ulrichs Obhut, unter der Fürsorge eines in südlichen Ländern studierten Mediziners, und machte selbst ein paar Schritte hin zu ihrem Vater: jetzt war der Platz an Fridolins Seite gemäß den Erwartungen der Anderen besetzt!

Siegfried aber näherte sich noch einmal seiner Frau und lauter, als nach einer Beerdigung gehörig, gab er zu bedenken: „Du lebst aber!"

Da blieb Fridolin stehen, drehte sich um und sagte ganz bestimmt und aus vollem Herzen: „Maria auch - im Himmel."